AGE OF ARISTOCRACY

HOFFNUNGSLOS

HOFFNUNGSLOS

END DAYS # 1

Eduard Meinema

Impressum:
Hoffnungslos
End Days # 1
Original Title: Hope Lost
Copyright der deutschsprachigen Ausgabe „*Hoffnungslos*" und Copyright der
Originalausgabe „*Hope Lost*" © **Eduard Meinema, 2023.**
Cover design: GS Cover Design Studio
Website: **www.eduardmeinema.de**

Unabhängig veröffentlicht von E. Meinema, Hellevoetsluis, Die Niederlande.
www.transfiction.nl
ISBN: 978940

1

Washington, 1600 Pennsylvania Avenue

Twilight half ihm, unentdeckt zu bleiben. Unbemerkt von den Menschen, den Agenten der TIA, der *Terrorist Intelligence Agency*, aber nicht von der KI.

Jager Thompson war sich der Gefahr bewusst. Er wusste, dass die KI alles sah. Tag und Nacht. Und er wusste, dass es nur eine Frage der Zeit war, bis die KI TIA-Agenten auf ihn ansetzte.

Er versteckte sich zwischen ein paar verwilderten Sträuchern, die spontan zwischen den Pflastersteinen vor den Toren des White House aufgetaucht waren. Kein Mensch kümmerte sich in diesen Tagen um gepflegte öffentliche Gärten oder Gehwege. Man überlebte. Das war alles, was noch zählte.

Jager musste schlucken. Es war Jahre her, dass seine Frau hier gearbeitet hatte. Jahre, seit er selbst dort gewesen war. Und obwohl er inzwischen an einiges gewöhnt war, ließ ihn der Anblick des White House erschaudern. Nichts erinnerte ihn mehr an die Pracht der Vergangenheit. Ein altes, baufälliges Gebäude, das war es, was er hier im Halbdunkel sah.

»Da! « rief jemand direkt hinter ihm.

Jager griff nach seiner Waffe. Eine alte Pistole. Alt, aber sie funktionierte noch. Verzweifelt sah er sich um, um zu sehen, wer ihn erwischt hatte. Mit Mühe sah er zwei junge Leute auf dem von Büschen und Pflanzen überwucherten Bürgersteig stehen. Ein Junge und ein Mädchen. Er war dünn und schlaksig, etwa zwanzig Jahre alt, schätzte Jager. Sie war etwas jünger und trug verwitterte, aber anständige Kleidung. Er musste schlucken. Im schwachen Licht des Mondes sah sie Juna, seiner Tochter, verblüffend ähnlich.

»Siehst du? Es ist noch da«, sagte der Junge. »Ich habe es dir gesagt!«

Das Mädchen hielt sich mit beiden Händen am rostigen Zaun fest und starrte voller Ehrfurcht auf das verfallene White House. »Mein Vater sagte, es sei plattgemacht worden«, sagte sie.

»Nun, es ist immer noch da, sagen wir, dass ...« Er hörte auf zu reden. Er merkte, dass er einen Nerv getroffen hatte.

»Zu meinem Vater? Er ist nicht mehr da, Joey«, sagte das Mädchen mit einem Schluchzen in ihrer Stimme. Ihre Hände drückten den Zaun noch fester zusammen.

»Tut mir leid«, murmelte Joey. »Es ... tut mir leid.«

Jager Thompson blickte auf. Das Geräusch war unüberhörbar. Ein Dröhnen. Dem Geräusch nach zu urteilen, sogar mehr als einer. Aber er konnte sie nicht sehen. Er duckte sich, soweit er konnte. Sollte er die beiden warnen?

»Joey? «, sagte das Mädchen. Sie ließ das Tor los und schaute auf. »Hörst du es auch?«

»Scheiße! Schon so früh? Wir müssen los«, sagte der Junge. Er packte sie an der Hand und zog sie mit sich. Nach ein paar Schritten blieben sie stehen. Vom Himmel herab schien ein heller Lichtstrahl auf sie. Da standen sie also plötzlich offen und ungeschützt, im vollen Licht.

»Er hängt direkt über uns«, sagte das Mädchen ängstlich.

Die Drohne senkte sich surrend bis knapp über die beiden. Die Kameras tasteten ihre Gesichter ab. »Joey Whitaker. Amber

Vonn. *Unaffiliated*, nicht verbunden«, ertönte eine kühle Stimme aus der Drohne.

Jager Thompson richtete sein Gewehr auf die Drohne und überlegte, ob er das Ding vom Himmel schießen sollte, bis er auf der Straße ein zischendes Geräusch hörte. Ein über der Fahrbahn schwebendes Elektroauto hatte sich unbemerkt genähert. Das Auto hielt vor dem gefangenen Paar an; zwei Polizisten in schwarzen Uniformen stiegen aus. Ein Mann, der sofort zu seiner Waffe griff, und eine Frau, die erst ihre Mütze zurechtrückte und sich dann bückte, um etwas aus dem Auto zu holen. Jager beschloss, seine Waffe auf den Mann zu richten.

»Was machen Sie hier?«, fragte der Mann unwirsch.

Joey drückte die Hand seines Freundes ein wenig fester. »Ei-Einfach ... einen Blick auf ähm ...« Er nickte mit dem Kopf in Richtung der Überreste des White House.

»Warum«, knurrte der Offizier. »Was glauben Sie, wen Sie dort finden werden?«

»Nein, niemand«, sagte Joey leise und hatte Angst vor dem, was kommen würde.

Die Beamtin hielt ein Tablet hoch. »Sie sind UNAF. Nicht angegliedert. Warum nicht?«

Joey zuckte mit den Schultern, woraufhin ihm der männliche Polizist unerwartet schnell und hart in den Magen trat. Joey zuckte zusammen und hustete.

»Nein, nicht tun!« schrie Amber.

»Sie fragt warum? Antwort!«, sagte der Beamte.

»Einfach...«, stammelte Joey.

Der Beamte versetzte ihm einen weiteren Tritt. »Bei dir ist alles einfach, hm?«

»Gauff«, immer mit der Ruhe«, sagte die Polizistin beruhigend. Sie half Joey beim Aufrichten. »Sag mal ...« Sie schaute noch einmal auf ihr Tablet, um seinen Namen zu überprüfen, nur um sicherzugehen. »Joey. Warum bist du UNAF?«

Nach Luft ringend, antwortete Joey. »Meine Eltern haben gesagt, dass...«

»Nein, nein, gib deinem Vater nicht die Schuld, Kerl«, sagte die Beamtin nun in einem bestimmenden Ton. »Du bist alt und weise genug, um deine eigenen Entscheidungen zu treffen, also erzähl. Warum hast du dich entschieden, nicht beizutreten?«

Vor Schmerzen gekrümmt, sah Joey den Agenten an. »Für die Zukunft.«

»Wie bitte?«, sagte der Agent.

»Mein Vater. Er hat gesagt... Ich glaube, wir wären besser dran in einer Welt ohne... ohne... « Er sah sie fast weinend an.

»Ohne was? Joey?«, fragte die Agentin. Sie bekam ein fieses Lächeln im Gesicht, weil sie die Antwort schon lange kannte, aber unbedingt wollte, dass er sie zugab.

»Ohne KI! « schrie Amber. »Du weißt es am besten!«

Wachtmeister Gauff trat auf sie zu und versetzte ihr einen kräftigen Schlag in den Magen. »Hatte sie Sie etwas gefragt? *Schlampe.*«
»Hey! «, sagte Joey wütend. Er versuchte, sich groß zu machen, um seine Freundin zu schützen. »Lass sie in Ruhe!«

Wachtmeister Gauff war fertig mit ihm. Er packte den Jungen an der Kehle. Seine große Hand, die einen schwarzen Lederhandschuh trug, umfasste den dünnen Kehlkopf des schlaksigen Jungen und drückte ihm fast die Kehle zu. »Wenn du ei-ei-einfach antwortest«, sagte er absichtlich stotternd,

»muss dein Mädchen nicht geschlagen werden. Weichei!« Er stieß ihn mit aller Kraft zurück und gab seine Kehle frei.

Joey schaffte es kaum, sich aufrecht zu halten. Amber zögerte. Sie wollte ihren Freund in den Arm nehmen und ihn trösten, aber die Polizistin schüttelte den Kopf. »Mhm«, sagte die Beamtin. Sie konzentrierte sich wieder auf den Jungen. »Warum glauben Sie, dass eine Welt ohne KI besser wäre?«

Keuchend und nach Luft ringend stand Joey vor seinem Freund. »Weil wir ein Recht darauf haben, frei zu sein!« rief er so laut er konnte.

Wachtmeister Gauff zog die Augenbrauen hoch. Er blickte seine Kollegin an. »Ich bin aber fertig damit. Muniz«, sagte er ohne jede Emotion. »Wir sind hier, um für Ordnung zu sorgen. Nicht um Menschen zu bekehren.« Bevor Officer Muniz etwas tun konnte, richtete Gauff seine Waffe auf Joey und erschoss ihn eiskalt.

Jager Thompson zitterte.

»Nein!«, schrie Amber. Sie ließ sich neben den leblosen Körper ihres Freundes sinken. Umarmte ihn und küsste ihn. »Nein, nein. Joey! Lass mich nicht allein.«

»Schlampe«, sagte Officer Gauff und schoss ebenfalls auf Amber.

Thompson biss sich auf die Lippe, um keinen Laut von sich zu geben und sich nicht zu verraten.

Die Beamtin starrte unbeeindruckt auf die beiden Leichen auf dem überwucherten Bürgersteig des White House. »Ich dachte, wir sollten sie abholen und verhören«, sagte sie.

»Was glauben Sie, was sie Ihnen noch sagen können, Muniz?«, sagte Gauff, während er seine Waffe wieder in ihren Holster steckte. »Sie haben bereits auf dem Weg hierher alle

Informationen gehört. Ihre Eltern waren UNAF, sie sind UNAF. Was wollen Sie noch wissen?«

Agent Muniz nahm ihre Mütze ab. »Tut mir leid, Leute«, murmelte sie, unhörbar für Gauff. Sie tippte auf das Funkgerät an ihrer Schulter und sprach in einem sachlichen Ton: »Zwei Leichen zum Abholen. « Sie drehte sich um und ging zurück zum Auto. Auf halbem Weg blieb sie kurz stehen. Sie schaute in Richtung der Büsche, wo sich Jager Thompson, einige Meter vom Auto entfernt, so klein wie möglich machte, um nicht gesehen zu werden. Sie lauschte angestrengt, aber das Brummen der Drohne war zu überwältigend. »Okay. Lass uns gehen«, sagte sie zu Gauff.

Jager Thompson hatte sich ruhig verhalten. Er hatte alles verfolgt und wusste, dass er aus dieser Entfernung auf die Beamten UND die Drohne hätte schießen können. Aber er tat nichts. »Tut mir leid«, flüsterte er vor sich hin. »Wenn ich dich gerettet hätte, würden wir alle drei danach gejagt und trotzdem getötet werden. Für sie ist es nur ein Spiel. Für uns...« Er starrte entsetzt auf die leblosen Körper. »Für *mich geht* es ums Überleben.«

2

Pen*tw*ogon

General Atherton schritt, an ihrer Zigarre ziehend, durch den verrauchten Raum. Dass andere durch den Rauch ihres »*schuldigen Vergnügens*« belästigt wurden, störte sie nicht. Tatsächlich störte sie in diesen Tagen nichts. Plötzlich blieb sie stehen und ging mit großen Schritten zurück zum Tisch, auf dem ein großes zerknittertes Blatt Papier lag. Sie drückte mit dem Zeigefinger auf eine beliebige Stelle des Papiers und schimpfte: »Es ist sowieso grässlich. Diese alten Stabskarten sind das Einzige, woran wir uns orientieren können, ohne dass diese verdammte KI herausfindet, was wir tun werden.«

»Ja«, sagte Major Bradley Williamson, dessen Uniform stark ramponiert und ohne erkennbare Unterscheidungsmerkmale war. »Das ist möglich, aber es ist praktisch unmöglich, diese Karten oder Kopien dieser Karten unbemerkt zu verteilen. « Er breitete verzweifelt die Arme aus. »Wir können nicht einmal die anderen Widerstandsgruppen erreichen. Geschweige denn sie über unsere Pläne informieren. Wir sind auf uns allein gestellt.«

»Widerstandsgruppen«, sagte Atherton missbilligend. »Hörst du eigentlich, was du da sagst? Seit wann sind wir eine Widerstandsgruppe? Wir sind die verdammte Armee!«

»General«, sagte Eric Neill, der einzige Zivilist in dem kleinen Raum. »Die KI hat uns in die Defensive gedrängt. Und es sind nur noch wenige von uns übrig.«

»Ja, und?«, knurrte Atherton. Ihr graues Haar war hoch auf dem Kopf zu einem Pferdeschwanz gebunden. »Wir sind wenige und weit weg. Aber wir *sind* noch da.«

»General... Misty«, sagte Neill und sprach den General bewusst mit ihrem Vornamen an. Er formulierte seine Bemerkung sorgfältig. »Vielleicht ist es an der Zeit, dass wir, ähm, erkennen, dass es kein Zurück mehr gibt?«

»Neill... Eric«, sprach der General gehässig, »der Weg zurück ist längst versaut. Der Weg nach vorne. Den müssen wir haben.«

»Glauben Sie immer noch, dass wir ohne KI vorankommen können?«

Atherton ging auf Eric zu. Sie blieb direkt vor ihm stehen und schaute auf ihn herab. Sie war einen halben Kopf größer als er und das nutzte sie aus. »Du also nicht?«

»Warum benimmst du dich so?«, fragte Neill.

»So was?«

»Herablassend. Irritierend«, sagte Neill. »Warum tust du das? Du bist und bleibst doch meine Schwester, oder?«

»Halbschwester«, sagte Atherton mit gerümpfter Nase. »Und ich bin nicht herablassend. Ich mag nur keine Leute, die aufgeben.«

»Sag mir ehrlich, Schwester«, sagte Eric. »Was *können* wir noch *tun*? Es gibt nur wenige von uns. *Zu* wenige, wenn du mich fragst. Die Welt ist völlig verrottet. Jeder Schritt, den wir machen, wird aufgezeichnet. Wir leben praktisch im Untergrund. *Was* können wir noch tun?«

Misty Atherton war zu der alten Stabskarte zurückgegangen. Sie stützte sich mit beiden Händen auf die Papierstabkarte und seufzte. »Wo bist du?«

»General, bei allem Respekt«, sagte Major Williamson. »Die KI ist überall. Das wissen Sie genauso gut wie ich.«

»Ja, Major. Ich weiß das. Aber ich bin nicht auf der Suche nach der KI. Ich will wissen, wo der Präsident ist.«

Williamson schüttelte bedauernd den Kopf. »General ... Der Präsident wurde vor über einem Jahr seines Amtes enthoben.«

»Hmphh«, erkundigte sich Atherton. »Aus dem Amt enthoben? Präsident Munn? Abgesetzt, werden Sie meinen. Dieser Trottel. Dieser Lumpenkerl. Der hat sich nicht einmal Präsident nennen dürfen. «

Einen Moment lang wusste Major Williamson nicht, was er denken sollte. »Er hat sein Leben geopfert. Und das seiner Familie.«

»Nennt das ein Opfer. Ich nenne es Hinrichtung. «

»Gut. Sie sprechen nicht von Munn. Wen meinen Sie denn dann?«

»Chestwright natürlich. Chris Chestwright. Der einzige *echte* Präsident, den wir seit Jahrzehnten hatten.«

»Darling«, sagte Eric Neill. »Chestwright mag in deinen Augen ein guter Präsident gewesen sein. Jetzt ist er uralt. Wenn er noch am Leben ist ...«

Atherton warf ihm einen wütenden Blick zu. »Erstens bin ich nicht deine Geliebte. Und zweitens ist Chestwright am Leben. Das weiß ich. «

»Wie denn? «, fragte Neill. »Man kann es hoffen, aber man weiß es nicht sicher.«

»Falsch, Eric. Ich bin mir *ziemlich* sicher!«

»Aber *wie*?«

»Der geheime Nachrichtendienst«.

»Lieb... Misty.« Eric wählte sorgfältig die richtigen Worte, um seiner Halbschwester die Wahrheit zu sagen. »Der Geheimdienst bezieht all sein Wissen aus dem Internet und aus Computerdateien. Und du weißt, dass alles Digitale von der KI kontrolliert wird.«

»Das ist der ehemalige Geheimdienst, Eric. Ich spreche von dem *geheimen* Nachrichtendienst. *Meinem* Geheimdienst.«

»Ihr...? Sie haben Ihren eigenen Geheimdienst gegründet?« fragte Eric. Er war beeindruckt, fast stolz auf das, was seine eigensinnige Halbschwester immer zustande brachte. Jetzt war er völlig überwältigt von etwas, das seine Halbschwester organisiert hatte, ohne dass er es bemerkt hatte. Misty Atherton ging an Eric Neill vorbei und klopfte ihm bösartig auf die Nase. »Ja, Eric. Mein Geheimdienst. Völlig eigenständig. Arbeitet so weit wie möglich ohne digitale oder akustische Verbindungen. Und sie arbeiten völlig im Geheimen. « Sie ging weiter. Sie öffnete einen Schrank und nahm eine Mappe heraus, die sie aufgeschlagen auf die Personalkarten legte.
»Was ist das? «, fragte Eric.

»Sie sehen aus wie Stücke von Baumrinde«, sagte Major Williamson.
»Das sind sie auch«, sagte Atherton.

Neill und Williamson tauschten schnell Blicke aus. »OK« sagte Eric. »Und was sollen wir mit einem Stück Baum machen? «

»Lesen«, sagte Atherton.

Wieder tauschten die beiden Männer Blicke aus. Keiner von ihnen verstand, worauf der General anspielte.

»Noch nie etwas von B-Mail gehört?«

»Wie bitte?«, sagte Eric.

14

»Also nein. B-Mail. Birch-Post. Damit schrieb man früher Nachrichten auf und hinterließ sie für andere«, sagte der General. »Eine Birke verliert ihre Rinde. Diese Rinde ist dünn und kann, wenn sie richtig getrocknet wird, beschrieben werden. Eine Art von Papier. Wenn man weiß, wo man die Botschaften hinterlässt, kann man eine Fülle von Informationen weitergeben, fast ohne dass es jemand merkt. « Sie fing an zu grinsen. »Und schon gar nicht an einen digitalen Trottel wie diese KI.«

Major Williamson trat näher heran und las einige der handgeschriebenen Nachrichten. Sein Blick wechselte von zweifelhaft zu hoffnungsvoll. »Aber das ist großartig! Diese Informationen sind unbezahlbar! «

»Genau« sagte Atherton. »Aber streng geheim. « Sie nahm eines der Rindenstücke aus der Mappe und reichte es Eric. »Darin ist die Bestätigung, dass Chestwright lebt.«

Eric Neill las mit wachsendem Erstaunen den Text auf dem Stück Birkenrinde. Er nickte zustimmend. »Das klingt gut, Misty. Fast zu schön, um wahr zu sein. Aber ...« Wieder wählte er seine Worte sorgfältig. »Abgesehen von seiner guten Erfolgsbilanz. Glauben Sie wirklich, dass Chestwright etwas bewirken kann?«

»Ganz ehrlich. Hören Sie, es mag verrückt klingen, wenn es aus dem Munde einer Armeefrau kommt. Aber Chestwright ist der ultimative Politiker. Wenn jemand einen Krieg mit Worten gewinnen kann, dann ist er es. Er ist der verbindende Faktor, den wir suchen.«

»Okay«, sagte Eric, immer noch nicht ganz überzeugt. »Also, was machen wir jetzt? «

»Ich habe einen meiner Leute, einen meiner besten Leute, losgeschickt, um mit ihm Kontakt aufzunehmen. «

3

Olympic National Park

Der alte Mann legte dem kleinen Jungen liebevoll die Hand auf die Schulter. Er sank leicht in die Knie, hielt sein Gewehr fest umklammert und flüsterte: »Deshalb nennt man das hier Cougar Country«, und zeigte auf eine braune Raubkatze in den Bäumen des Olympic National Park.

»Werden wir ihn erschießen?«, fragte der Junge.

»Chris Chestwright schüttelte heftig den Kopf. »Zu gefährlich, Chester.«

»Warum Opa?«, fragte Chester. »Für den Fall, dass du ihn vermisst und er uns angreift?«

»Nein«, sagte Chris. »Du kennst mich, nicht wahr? Ich verfehle nie.«

Chester lachte. »Früher nicht Opa...«

Chris tippte lächelnd an seine Mütze. »Okay. Fast nie«, korrigierte er sich. »Aber es geht nicht um diesen Berglöwen, Chester. Es geht darum, dass niemand wissen darf, dass wir hier sind.«

Chester nickte verständnisvoll. »Für die KI?«

»Genau.« Chris richtete sich auf, wodurch der Puma seine Anwesenheit bemerkte. In Windeseile war er zwischen den Bäumen verschwunden. Er floh und verschwand unsichtbar in der riesigen Wildnis, für die der Park bekannt ist. »Dieses Gebiet, diese unwirtliche Gegend, bietet uns Schutz, Chester.

Selbst für eine KI ist dieses Gebiet schwer zu kontrollieren. Hier haben wir eine Chance.«

»Eine Chance wofür?«, fragte Chester.

»Eine Chance zu überleben«, sagte Chris. Jetzt, wo der Puma verschwunden war, hängte er sich die Schrotflinte über die Schulter. »Komm. Wir gehen nach Hause.« Das Geräusch eines brechenden Astes ließ ihn aufschrecken. Mit einem Fluch und einem Seufzer stieß er Chester zu Boden und schaffte es, seine Schrotflinte auf die Stelle zu richten, von der aus er das Geräusch gehört hatte. »Wer da?«, rief er.

Chester lag erschrocken zu den Füßen seines Großvaters. Mit großen Augen schaute er auf die Stelle, auf die Chris seine Waffe gerichtet hatte. Er blieb stumm. »Da ist niemand, Opa«, flüsterte er und wollte schon aufstehen.

Die alte, faltige Hand drückte sie zurück. »Ja da ist«, sagte Chris. »Zeig dich!« rief er und fügte leise hinzu: »Chester, kriech langsam weg. Geh nach Hause und warne Mami.«

»Sollte ich nicht lieber Papa um Hilfe bitten?«, antwortete Chester.

»Nein«, zischte Chris. »Mami kennt diese Gegend wie ihre Westentasche. Papa nicht. Geh!«

Vorsichtig schlich Chester davon. Als er seinen Großvater nicht mehr sehen konnte, war er sicher, dass die Fremden im Wald ihn auch nicht mehr sehen konnten. Er stand auf und lief zu der Hütte, in der sie seit einigen Jahren in völliger Isolation lebten.

Chris Chestwright war froh, dass sein Enkel heil davongekommen war, aber er wusste, dass er selbst noch in Gefahr war. Wer auch immer sich zwischen den Bäumen versteckte, er könnte ihn gnadenlos erschießen. Doch es geschah nichts. Offenbar hatte der große Fremde nicht die

Absicht, ihn zu töten. »Okay. Wir sind allein. Komm raus«, sagte Chris und senkte sein Gewehr. »Dann können wir reden. «

In den Schatten zwischen den Bäumen erhob sich eine Gestalt. Ein großer, dunkler Mann trat vor. An seinem Rücken hing ein Gewehr. »Mister Präsident«, sagte der schwarze Mann zu Chris. »Schön zu sehen, dass Sie immer noch wachsam sind. «

»Quade? «, sagte Chris freudig überrascht. »Du hier? Meine Güte, Mann. Ist ja schon eine Ewigkeit her. Wie schön, dich zu sehen! «

Byron Quade trat heran. »Ich freue mich auch, Sie wiederzusehen, Mister Präsident. «

»Ah Quade. Lassen Sie doch mal den förmlichen Kram beiseite, ja? « Er drückte Quade an sich und klopfte ihm fest auf den Rücken.

Quade hustete. »Na, die Fäuste sind ja immer noch kräftig genug«, lachte er.

Chestwright trat einen Schritt zurück. »Mann, wie schön, dich wiederzusehen. Wie geht's denn so? Mit dir und, ähm ... da draußen? «

Quade lachte. »Mit mir ist alles in Ordnung. Aber da draußen? « Er stieß einen tiefen Seufzer aus. »Verdammt! «

Chris nickte. »Es ist aus dem Ruder gelaufen, nicht wahr? «

»Vollkommen. «

»Aber es gibt immer noch Widerstand. Oder? «

»Im Moment ja«, sagte Quade. »Das ist auch der Grund, warum ich hier bin. «

Chestwright sah ihn schräg und misstrauisch an. »Ich verstehe, dass Sie mich nicht hier in der Wildnis suchen, um ein

Bier zu trinken und am Lagerfeuer alte Geschichten auszutauschen, aber ich hoffe, Sie verstehen auch, dass ich mich nicht umsonst zurückgezogen habe? «

»Ja«, nickte Quade. »Aber ich hoffe, Sie nehmen sich die Zeit, mir zuzuhören. «

Chestwright hob eine Hand, um Quade zum Schweigen zu bringen. Er griff nach seiner Waffe und lauschte aufmerksam auf die Geräusche um ihn herum. Quade hörte nichts, griff aber automatisch ebenfalls nach seiner Waffe. »Angie? «, sagte Chestwright. »Ich kann hören, dass du es bist. Komm einfach raus. Es ist sicher. «

Quade war überrascht, als eine junge Frau mit einer großkalibrigen automatischen Waffe auftauchte. »Alles in Ordnung, Papa? «, fragte die Frau.

Jetzt war Quade noch mehr überrascht. »Papa? Ich dachte, ich hätte alle deine Kinder schon einmal gesehen, aber sie kenne ich nicht. «

»Nun«, sagte Chestwright. Er legte seinen Arm um Angies Taille. »Ein nachträglicher Einfall. Der Junge, den Sie gerade wegschleichen sahen, ist ihr Sohn. Mein Enkelsohn. « Er lächelte seine Tochter freundlich an. »Angie, das ist Byron Quade. Mein ehemaliger Sicherheitschef. «

»Als Sie Präsident waren? «, fragte Angie.

»Ja. Die gute alte Zeit«, sagte Chestwright.

»Sag das«, sagte Quade. »Die guten alten Zeiten... «

»Und was führt Sie hierher, Mr. Quade? «, fragte Angie.

Quade gluckste. »Wunderbar direkt. Genau wie dein Vater. «

»Das ist möglich«, sagte Angie. »Ich war überrascht, dass ihr unbemerkt an unseren Wachposten vorbeigekommen seid. «

»Ehemaliger Sicherheitschef, was? «, sagte Chestwright.

»Das verstehe ich, *Dad*. Aber es beunruhigt mich auch. «

»Wie das? «

»Die Tatsache, dass Mister Quade durch unsere Sicherheitskontrolle geht, bedeutet auch, dass andere ehemalige Mitarbeiter, Menschen mit falschen Absichten, durch unsere Sicherheitskontrolle kommen können.

»Ähm ... « Chestwright war einen Moment lang nicht ganz bei der Sache.

»Aber das ist eine Sorge für später. Zurück zu meiner Frage, Mr. Quade. Was führt Sie hierher? «

Quade sah den ehemaligen Präsidenten an. »Sie hat nicht ganz unrecht, Sir. Wie dem auch sei. Ich bin mit einer Nachricht hier.«

»Ja. Was dann? «, fragte Angie ungeduldig.

»Eine Nachricht von General Atherton«, sagte Quade.

»Misty? «, fragte Chestwright.

Quade nickte. »Ja, Mister Präsident. Der General braucht Sie im Pentwogon. «

»Pen-two-gon? «

»Ja. Das ursprüngliche Pentagon wurde zerstört. General Atherton hat ihre eigene Version gebaut. «

Chestwright schüttelte lachend den Kopf. »Typisch Misty... «

4

Jager Thompson hatte gewartet, bis die TIA-Agenten, die dem jungen Paar das Leben geraubt hatten, und die Drohne verschwunden waren. Danach konnte er seinen Weg ungehindert fortsetzen. Dank der wuchernden Pflanzen und Büsche gelang es ihm, ungesehen zum White House zu gelangen. Die alte Residenz des Präsidenten war weitgehend zerstört und wurde nicht mehr genutzt. Nichtsdestotrotz wurde das Gebäude genau beobachtet. Für die letzten freien Menschen war dieses Gebäude immer noch ein Symbol der Freiheit. Ein Symbol mit enormer Anziehungskraft. Eine tödliche Anziehungskraft, wie sie auch Joey Whitaker und Amber Vonn erfahren hatten.

Thompson wartete einen Moment, bevor er hineinging. Er wusste, dass das Gebäude auch innen noch funktionierende Kameras hatte. Ganz gleich, wie vorsichtig er vorgehen würde, es war fast unvermeidlich, dass die KI ihn bemerken würde. Wenn es ihm gelang, seine Mission bis dahin erfolgreich abzuschließen, bevor die KI ihn bemerken und abholen lassen würde, war ihm das egal. Sein Tod würde die Freiheit von Tausenden, vielleicht Millionen von Menschen bedeuten. Aber noch war es nicht so weit.

Aus seiner Tasche holte er eine Karte. Er leuchtete mit einer Taschenlampe auf das zerknitterte Papier, um noch einmal die Route zu überprüfen, die er nehmen musste, um das alte Privatquartier des Präsidenten zu erreichen. Niemand konnte ihm sagen, in welchem Zustand sich dieses Quartier befand. Was er wusste, war, dass sich dort ein Aktenkoffer befand. Eine Aktentasche, die Codes enthielt, die früher für den Einsatz von Atomwaffen benötigt wurden. Jetzt würde diese Aktentasche einen Code enthalten, mit dem man die KI abschalten konnte.

Er prägte sich die Route ein, damit er nicht ständig auf die Karte schauen musste. Er überprüfte ein letztes Mal, ob jemand in der Nähe war. Dann betrat er behutsam das Gebäude. Vorsichtig, um nicht von den Sicherheitskameras oder anderen Überwachungssystemen erfasst zu werden. Aber vor allem wegen des brüchigen Zustands, in dem sich das Gebäude befand. Er war sich der Gefahr eines Einsturzes bewusst. Er wusste, dass er Gefahr lief, verschüttet zu werden; das schöne White House war nach Jahren des Krieges zwischen Menschen und KI nur noch eine schäbige Ruine.

Nachdem er mühsam hineingeklettert war, hörte er ein irritierendes Brummen. »Scheiße«, dachte Jager. »So schnell? Das kann doch nicht dein Ernst sein. «

Vor und hinter ihm erschienen zwei Mini-Drohnen. Von der Drohne, die stationär vor ihm schwebte, strahlte ein heller Lichtstrahl auf sein Gesicht. Der Scanvorgang dauerte weniger als eine Sekunde. »Jager Thompson, *Unaffiliated*«, sagte eine kühle Stimme aus dem Lautsprecher der Drohne.

Jager griff nach der Pistole, die in einem Holster an seinem Gürtel hing. Ein gut gezielter Schuss genügte, um die Drohne in Stücke zu sprengen. Schnell ließ er sich umdrehen, um auch die Drohne hinter ihm vom Himmel zu schießen. Seine Augen schossen durch den dunklen Raum. Verschwunden! »Fuck! Wo bist du? «

Er lauschte angestrengt. Um ihn herum hörte er mehrere Drohnen, die mit hoher Geschwindigkeit an ihm vorbeiflitzten. Schießen war zwecklos; sie waren zu schnell, um richtig zu zielen. Mit wilden Bewegungen seiner Hände versuchte er panisch, die Drohnen vom Himmel zu stoßen. Vergeblich. Die selbstlenkenden Minidrohnen waren wendiger als er. »Verdammt, ich muss hier raus«, murmelte er. »Das wird überhaupt nichts. «

»Nein«, sagte jemand in seiner Nähe. »Das hast du richtig gesehen. Das wird gar nichts, Freund. «

Die Drohnen schwebten plötzlich an Ort und Stelle und beleuchteten Jager aus verschiedenen Positionen. Jager hielt sich eine Hand vor die Augen, um den Mann zu sehen, der ihn ansprach. Seine Waffe zuckte in seiner Hand, als er das Gesicht des Mannes sah.

»Runter«, sagte Officer Gauff. Er hatte sein automatisches Gewehr zielgenau auf Jager Thompsons Kopf gerichtet.

Mit einer Stimme, die lauter zitterte als seine Hand, sagte Jager: »Na und? Ich habe nicht die Absicht, hier zu sterben. «

»Das werden Sie auch nicht tun, Thompson«, sagte Gauff zu Jagers Überraschung.

»Ja, sicher... Ich habe dich aber am Zaun gesehen. Du hast den Jungen und das Mädchen erschossen. «

Von der anderen Seite hörte er nun die Beamtin, die er vorhin auch am Tor gesehen hatte. »Wir haben den Befehl, Sie mitzunehmen, Jager Thompson«, sagte Muniz ruhig. »Nicht um Sie zu erschießen. «

»Nein«, versicherte Gauff. »Aber wenn Sie nicht kooperieren ... «

»Hör auf, Gauff! «, sagte Muniz. »Wir haben den Befehl, ihn lebend zu fassen. «

»W-wo wo-h-h-hin? «, stotterte Jager.

Gauff hatte sichtlich Spaß an seiner Aufgabe und ahmte Thompsons Stottern nach. »Z-z-zum P-P-Privatquartier des Präsidenten, Trottel. Da wollten Sie doch hin, oder?«

Jager Thompson war verblüfft. »Woher wissen Sie das?«

Gauff trat an Thompson heran und entriss ihm die Waffe. »Unglaublich. Dümmer als das Hinterteil einer Kuh«, sagte er. Er machte mit seiner linken Hand eine kreisende Bewegung in der Luft. »AILPHA weiß alles, Arschloch.«

Jager ließ sich von Gauff die Waffe aus der Hand nehmen, ohne sich zu wehren. »W-wer?«, fragte er.

Kopfschüttelnd hob Officer Gauff Jager hoch. »AILPHA, Arschloch. Allmächtiger Gott, was glaubst du eigentlich, gegen wen du hier kämpfst?«

Muniz konnte ein Glucksen nicht unterdrücken. »Gegen jemanden zu kämpfen, den man nicht sieht, ist hart, Thompson. Aber wenn du nicht einmal weißt, *gegen wen* du kämpfst... Tss... Dann ist es ein hoffnungsloser Kampf. Für dich und deine Mitstreiter, Thompson.«

Die Kommentare von Gauff und Muniz verunsicherten ihn. Aber jetzt, wo er wieder auf den Beinen war, bemerkte Jager nur, dass er größer war als Agent Gauff. Er schätzte schnell seine Chancen ein und überlegte, wie er Gauff überwältigen könnte. Bis er merkte, dass Muniz ihre Waffe auf ihn gerichtet hatte. *Chancenlos*, entschied er. *Vielleicht später, wenn sie mich tatsächlich in die Privatquartiere bringen.* »Also ... Sie wollen sagen, AILPHA ist Ihr Boss?«

»Mein Gott, Gauff. Ich glaube, du hast auch recht. Das Hinterteil einer Kuh hat tatsächlich mehr Intelligenz in sich als dieses Stück Scheiße in seinem ganzen Körper. AILPHA ist jedermanns Boss, Trottel.«

»AILPHA ist der Chef der KI?«, dachte Jager laut.

»Nein, Thompson«, sagte Muniz, sie konnte nicht verstehen, dass er es immer noch nicht begriffen hatte. »AILPHA ist der Einzige. «

»Der einzige? Na klar! Kämpfen wir alle gegen eine KI? «

»Du verstehst es nicht, Thompson. AILPHA ist alles KI in einem. «

Jager ließ es auf sich wirken. Alle KI zusammen? »A-aber... Dann... Dann ist er... überall? «

Officer Gauff packte Jager an der Schulter. »Na so was. Endlich hat er es kapiert. Gut, dann können wir jetzt nach deinem Paket suchen. « Thompson sah ihn mit großen Augen an. »Dachten Sie etwa, wir wüssten nicht, wonach Sie suchen? «, kicherte Gauff. »Das ist der einzige Grund, warum du noch am Leben bist, mein Freund. Sie sind derjenige, der uns zu diesem verdammten Code Koffer führen wird! «

5

Eric Neill stand auf dem Dachboden eines verlassenen Schulgebäudes im Süden der Vereinigten Staaten. Anders als die meisten Gebäude, die dem AIWAR, dem Krieg zwischen Menschen und AILPHA, zum Opfer gefallen waren, war dieses Gebäude seit den 1960er Jahren nicht mehr genutzt worden und war im Laufe der Jahre immer mehr verfallen. Zu dieser Zeit waren Erics Vater und seine Halbschwester Misty einer der letzten Schüler der Kisatchie High School in Louisiana. Er nutzte die Schule noch bis Jahre nach seiner Schulzeit mit Freunden. Wie so viele Orte im Pelican State wurde auch das verlassene Schulhaus dank seiner vielen Geistergeschichten bald zu einem legendären Ort. Die geheimnisvollen Geistergeschichten, die Rodney Neill seinen Kindern über diese Zeit erzählt hatte, waren ihnen immer im Gedächtnis geblieben.

Nach der dramatischen Zerstörung des Pentagon suchte General Misty Atherton nach einem geeigneten, nicht offensichtlichen Standort für ihr neues militärisches Hauptquartier und wählte diese verlassene Schule. Sie wählte absichtlich einen unlogischen Ort, um das logische Denken der KI in die Irre zu führen. Wichtiger war jedoch die Tatsache, dass es sich um einen Ort handelte, der schon lange *vor der* digitalen Revolution verlassen worden war. Daher wusste General Atherton mit Sicherheit, dass AILPHA diesen Ort nicht im Griff hatte. In aller Stille hatten Atherton und ihre Verbündeten die Schule unterirdisch wiederaufgebaut. Oberirdisch hatte sich scheinbar nichts verändert. Jeder, der an dem Gebäude vorbeikam, war erstaunt, dass das alte Gebäude noch stand, und diejenigen, die es wagten, anzuhalten und das Gebäude zu betreten, waren beeindruckt von den geisterhaften, leeren Klassenräumen. Der Eingang zum unterirdischen Krisenzentrum war gut versteckt und mit analogen Überwachungsgeräten schwer gesichert. »Digital« war in dieser Gruppe ein Fluch.

Eric schaute zwischen den Lamellen des Dachfensters hindurch und beobachtete die Umgebung des Schulgebäudes. In der Überzeugung, dass niemand im Gebäude herumschnüffelte, öffnete er das Fenster leicht. Gerade weit genug, um eine Taube hereinzulassen. Er wartete nicht am Fenster. Er nutzte seine Zeit auf dem Dachboden, um die Käfige mit den Tauben zu reinigen und die Zuchttauben zu füttern und ihnen frisches Wasser zu geben. Er streichelte einer der Tauben über den Kopf. »Ja, sag das. Wo ist denn dein Typ? «

»Eric? «

Eric drehte sich um. In der Tür stand seine Halbschwester. »Misty? Was machst du denn hier oben? «

»Es hat so lange gedauert, da dachte ich, ich schaue mal nach, ob hier alles in Ordnung ist. «

»Hier ist alles in Ordnung«, sagte Eric. »Außer, dass unser kleiner Freund noch nicht hier ist. Seine reizende Frau wartet erwartungsvoll auf ihn. «

»Es ist sowieso unglaublich«, ärgerte sich Misty. »Nach zwei Jahrtausenden verlassen wir uns wieder auf Brieftauben. «

»Was macht das schon? «, sagte Eric. »Es funktioniert. Etwas langsam, aber es funktioniert, und dieses verdammte AILPHA kann nichts damit anfangen. «

»Nein, das tut er nicht. Aber die Leute schon. «

»Menschen... «, seufzte Eric. »Können wir diese Überläufer noch Menschen nennen? «

»Das wundert dich«, sagte Misty. »Aber wer sind wir, dass wir über andere urteilen? Im Vorfeld ist es für jeden leicht zu sagen, dass er niemals mit dem Feind katzbuckeln wird. Aber glaubt mir. Niemand weiß im Voraus, was er in einer verrückten Situation wie der, in der wir uns jetzt befinden, in diesem Krieg mit einem unsichtbaren Feind, wirklich tun wird. «

»Wir hätten es nie so weit kommen lassen dürfen«, sagte Eric. »Wir, wir Menschen, haben dieses AILPHA selbst erfunden, verdammt. Zumindest die KI haben wir erfunden. Und sie trainiert. Sie hat gelernt, sich selbst zu verbessern und sich neue Dinge beizubringen. Wir haben den Feind einfach durch die Vordertür reingebracht! «

»Einverstanden«, sagte Misty. »Gut. Jetzt weiß ich, dass es dir gut geht, also werde ich zurückgehen und unten auf dich warten.«

»Warte! «, sagte Eric. Er hielt den Zeigefinger in die Luft. »Hörst du das? « Misty legte automatisch ihre Hand auf die Waffe in ihrem Halfter. »Nein, Schwesterherz. Hör doch. Dieser Flügelschlag. Er ist da; der Hahn ist wieder auf dem Nest! « Eric öffnete das Dachfenster noch weiter, dann watschelte eine weiß-braune Brieftaube herein.

»Juchhu«, rief Misty. Sie beeilte sich, nach draußen zu sehen. Sie dachte, sie hätte etwas oder jemanden gesehen, der sich bewegte, und schloss schnell das Fenster. »Sei immer vorsichtig, Eric! «

»Aaahh, da bist du ja. Glücklich. Du hast es geschafft«, sagte Eric. Er hörte, was seine Halbschwester sagte, aber er reagierte nicht. Der kleine Schlauch am Bein der Taube war wichtiger. Vorsichtig band er den Schlauch ab. Er drehte den Deckel ab und rollte das Stück Papier aus. »Hier, bitte«, sagte er zu Misty. »Ein Liebesbrief von Quade. «

Misty schnappte sich den Zettel aus Erics Händen. Sie las es schnell durch und sah ihren Halbbruder zufrieden an. »Das tut er. Chris Chestwright kommt hierher. «

»Toll! « rief Eric. Er setzte die Taube, die die wichtige Nachricht an ihr Weibchen überbracht hatte, vorsichtig auf das Nest. »Du bist zwar nicht ganz weiß, aber für mich bist du immer noch ein bisschen wie eine Friedenstaube. «

6

»Ich will nicht, dass du gehst, *Dad.* « Angie Chestwright stand mit verschränkten Armen im Wohnzimmer der Holzhütte, einer unscheinbaren Hütte im Nationalpark, und versperrte ihrem Vater den Ausgang.

»Schatz, ich *muss* gehen«, sagte der ehemalige Präsident Chestwright.

»Sie müssen überhaupt nichts tun. Ja. Bleib hier und überlebe. Das musst du! «, schrie Angie und schlug ihre geballten Fäuste gegen die Brust ihres Vaters.

Chestwright ergriff ihre Hände. »Aber Liebes. Die Menschen ... «

»*Wir* sind dein Volk, Dad. *Wir* brauchen dich. *Hier!* « Angie war unnachgiebig.

»Du kannst nicht gehen, Opa«, sagte nun auch sein Enkel Chester. Der Junge hatte sich neben seine Mutter gestellt und schob seinen Großvater zurück ins Zimmer.

Der alte Chestwright blickte zuerst zu seinem Schwiegersohn Kalon Broshanon. Doch Kalon hielt Abstand und zuckte nur mit den Schultern. Dann sah Chris seinen ehemaligen Sicherheitschef an, der an der Tür wartete und bereit war zu gehen. Byron Quade verstand das Problem, gab aber entschuldigend zu verstehen, dass er nicht die Absicht hatte, sich in diese Familienszene einzumischen. »Leute, der

Zustand der Welt erfordert eine Lösung«, sagte Chris. »Eine politische Lösung. «

»Nun«, erwiderte Angie ad rem, »sollen diese verdammten Politiker diese Lösung doch selbst finden. Dafür brauchen sie dich nicht, Dad. « Sie wurde zunehmend emotionaler. »Du hast der Welt schon alles gegeben, was du geben kannst. *ALLES!* «, sagte sie nun mit zittriger Stimme. »Es hat Mami ... « Sie konnte die Worte kaum noch aus dem Mund nehmen. Weinend fuhr sie fort. »Es hat sogar Mami, Joyce und Christian jr. das Leben gekostet! «

Der kleine Chester ging wütend davon. Er schritt an Quade vorbei hinaus. Der Sicherheitsmann machte kaum Anstalten, den Jungen aufzuhalten.

Chris Chestwright ließ seinen Rucksack auf den Boden fallen. Er mag der ehemalige Präsident der Vereinigten Staaten gewesen sein. Hier, in dieser Holzhütte, war er vor allem Vater. Er musste seine eigenen Tränen hinunterschlucken. Er umarmte seine jüngste Tochter. Sein einziges überlebendes Kind. Die Erinnerungen an seine Frau und seine ältesten Kinder drängten sich ihm auf, zerrten an seinem Herzen. Mit tränenden Augen sah er Byron Quade an.

Der große Mann kannte den Kummer. Den schrecklichen Kummer seines Präsidenten, aber auch seinen eigenen. Auch seine Familie hatte die Jahre des Krieges nicht unbeschadet überstanden. »Mister Präsident, ich ... ich verstehe, wenn Sie ... « Er schlug sich die Hand vor den Mund. Konnte er das überhaupt sagen? »Ich verstehe, wenn Sie sich entscheiden, hier zu bleiben. Bei Ihrer Familie. « Er stand halb im Türrahmen. Seine Unterlippe zitterte. »Ich ... ich denke, Sie haben schon genug getan und ... « Das Brummen, das er hörte, alarmierte ihn. Aber gerade zu spät. Ein kreischendes Geräusch ertönte vom Himmel herab. *Zzznngggg.* Ein Schuss von einer Drohne, der ihm ein schmerzhaftes Stechen im linken Bein bescherte.

Stöhnend ließ sich Quade hineinfallen. Auf dem Boden liegend trat er die Tür mit dem rechten Fuß zu, damit die Drohne die Menschen in der Hütte nicht sehen konnte. »Sie haben uns gefunden! « stöhnte er.

»Quade! «, rief Chestwright. »Sind Sie in Ordnung? «

»Uh-huhnnn«, stöhnte Quade. »Es ist nur ein Streifschuss. Wird schon wieder, Mister Präsident. Wird schon wieder... «

»Wo ist Chester? «, schrie Angie. »Chester? Ches! «

Quade erkannte, dass er einen großen Fehler gemacht hatte, kämpfte gegen seinen eigenen Schmerz an und stand wieder auf. »Scheiße. Er ist einfach an mir vorbeigelaufen! « Stöhnend stand er auf. Er biss auf den Schmerz in seinem linken Bein und humpelte zur Tür. Er nahm seine Waffe in die Hand, riss die Tür auf und feuerte wild in die Luft. Er war wütend auf sich selbst. Wie konnte er nur so dumm sein? So unvorsichtig?

»Quade! Komm wieder rein! «, rief Chestwright. »Diese Hütte ist stabil genug, um Drohnenangriffen standzuhalten. «

Kalon Broshanon, Angies Ehemann, war Quade hinterhergelaufen und stand nun in der Tür, um zu sehen, wo sein Sohn und die Drohne waren.

Angie war so in Panik, dass sie ihrem Vater die Waffe aus der Hand riss, ihren Mann zur Seite stieß und nach draußen rannte. »Chester! Wo bist du? «

»Nein! «, schrie Chestwright. »Angie, nicht! « Er wollte gerade hinauslaufen, um Angie zurück ins Haus zu zerren, als er seinen Enkel dort stehen sah.

Chester Broshanon stand zwischen den Bäumen. Er blickte hinauf zu der Drohne, die gefährlich nahe über seinem Kopf kreiste. Er begriff, dass es keinen Ausweg gab. Er schaute ein letztes Mal zu seiner Mutter, die stolpernd auf ihn zu gerannt kam. »Mama... «, sagte er, ohne einen Laut von sich zu geben.

Dann ein kreischendes Geräusch.

Zzznngggg.

Ein kurzes, kreischendes Geräusch, das sich in alle Köpfe bohrte.

Gefolgt von Stille. Eine beängstigende Stille.

7

Ein kleiner Mann in einer tadellosen Uniform schlendert durch die Überreste des Oval Office. Einst das offizielle Büro des Präsidenten der Vereinigten Staaten. Jetzt war es nicht mehr als ein leerer und weitgehend abgebrannter Raum. Präsident Munn, der letzte Präsident, der von diesem Büro aus noch versucht hatte, die Welt oder zumindest sein Land zu retten, war live im Fernsehen hingerichtet worden. Ein letzter Dolchstoß, der den Widerstand praktisch lahmgelegt hatte. Nach dieser abscheulichen Tat verspürte niemand mehr das Bedürfnis, den Kampf gegen die KI fortzusetzen. Dennoch gab es einige, die weiterhin Widerstand leisteten. General Leihrt leitete die TIA, die Anti-Terror-Einheit, deren Aufgabe es war, Widerstandskämpfer aufzuspüren. Unbeugsame Menschen, die das Regime nicht anerkannten und es schafften, sich vom Radar der KI fernzuhalten.

»General? Wir haben ihn«, sagte Officer Gauff stolz. Er gab Jager Thompson einen Stoß, so dass der mit Handschellen gefesselte Mann nach vorne stolperte und große Mühe hatte, sich aufrecht zu halten.

General Leihrt sagte nichts. Er ging um den gefangenen Eindringling herum und warf ihm einen verächtlichen Blick zu. Schließlich blieb er direkt vor Thompson stehen, aber in sicherer Entfernung von dem gefangenen Eindringling. »So. Sie sind also Jager Thompson.« Leihrt gab den beiden Beamten ein Zeichen zum Gehen. »Warten Sie hier draußen«, sagte er, woraufhin Gauff und Muniz das Oval Office verließen. »Jager Thompson. Ehemann von Gemma Thompson. «

Jager warf dem General einen bösen Blick zu. Er ging einen Schritt auf den General zu, tat aber nichts.

»Ach, armer Mann. Dir fehlt es an Entschlossenheit, hm? «, sagte Leihrt spöttisch. »Erst lassen Sie zwei junge Leute erschießen... « Er machte absichtlich eine kurze Pause, damit Thompson sich besonders schuldig fühlte. »Sie hätten sie retten können, hm? Diese beiden jungen Leute, die hier vor dem White House am Zaun ein bisschen Tourist gespielt haben. Hättest du auch nur ein bisschen Mut gezeigt, hättest du ihnen das Leben retten können. Aber Sie haben sich nicht getraut, hm? Hm? «

Jager wollte etwas erwidern. Aber er wusste nicht, was er sagen sollte. Genauso wenig wie er wusste, was er tun sollte. Der General hatte Recht. Ihm fehlte der Mut.

General Leihrt schritt ruhig durch das Oval Office und stieß einen umgestürzten Stuhl beiseite. »Ihnen fehlt es an Entschlossenheit. Einfach beschämend. Sehen Sie, dass Sie zwei unbekannten Jugendlichen nicht zu Hilfe gekommen sind, gut, das kann ich verstehen. Aber dass du deine eigene Frau nicht gerettet hast? Nicht einmal zur Rettung gekommen sind? « Er drehte sich um und sah Thompson streng an. »Das ist eine Unverschämtheit, Thompson! «

Jager Thompson stand beschämt da und fühlte sich zunehmend schuldig. Der General hatte recht. Er hatte nichts getan, um dem Jungen und dem Mädchen zu Hilfe zu kommen. Und, noch schlimmer, er hatte nichts getan, um seiner Frau zu helfen. Geschweige denn, sie zu retten. Er biss sich auf die Lippe, konnte aber nicht verhindern, dass ihm eine Träne aus dem Auge rollte. Er war ein Verlierer, ein *Loser* mit einem großen *L*.

»Ja, schämen Sie sich«, sagte Leihrt. »Oder ... du kannst es immer noch ein bisschen wiedergutmachen. «

Thompson runzelte die Stirn. »Wie dann? «

Leihrt setzte ein fieses Lächeln auf. »Indem du mir sagst, wo der Aktenkoffer ist, nach dem du hierhergekommen bist. «

»Welcher Koff... «, begann Thompson. Seine Worte wurden durch den Schmerz in seinem Magen jäh unterbrochen. General Leihrt hatte ihm mit seinem schweren Lederstiefel direkt und hart in den Magen getreten.

»Mach keinen Scheiß! «, brüllte Leihrt. »Deine Frau, *diese Schlampe* von einer Frau ... « Er lachte verächtlich. »Oh, dieser mitleidige Blick in deinen Augen! Wollen Sie mir weismachen, dass Sie nicht wussten, dass sie nicht nur die Sekretärin dieses Arschlochs von Munn ist, sondern auch seine persönliche Hure? « Leihrt trat dicht an Thompson heran und flüsterte: »Wie hätte sie ihm sonst das geheime Versteck des Codekoffers besorgen können? Es ist alles so einfach, Thompson. Eine Frau, die ihre Beine weit spreizt, kann jeden Mann, auch wenn er Präsident ist, dazu bringen, die heikelsten Geheimnisse zu gestehen. «

»*Fuuuuck!!!* « fluchte Thompson. Er beugte seinen Körper vor und stürmte auf Leihrt zu. Die unerwartete Aktion traf den kleinen General unsanft in den Magen. Aber Leihrt war ein zäher Bursche. Er war zwar klein, aber er stand seinen Mann. Wieder ließ er sich nichts anmerken. Er packte Thompsons Kopf und verpasste ihm mit einer blitzschnellen Bewegung ein Knie. Thompson hatte das Gefühl, sein Kiefer würde brechen. Er musste ein paar Mal schlucken und beachtete den General nicht. Leihrt war gut trainiert, geschmeidig und beweglich. Mit einem gezielten, bösartigen Tritt verschwand sein Lederstiefel erneut weit in Thompsons Magen.

»Geht es Ihnen gut? General? «, rief Constable Muniz, der mit Gauff um die Ecke des ehemaligen Oval Office Wache stand.

»Gut! « rief Leihrt. »Ich amüsiere mich prächtig! « Dann drehte er sich wieder zu Thompson um, der nun vor Schmerzen in Bauch und Kiefer krumm stöhnte. Er packte Thompson an den Nackenhaaren und zwang ihn, aufzustehen. »AILPHA! Bild! «, sagte er. »Pass gut auf, Thompson. Ich habe dir gesagt, dass du noch eine Chance hast, etwas Gutes zu tun. Also pass gut auf, wessen Leben du noch retten kannst! «

Thompson spürte überall Schmerzen. Gezwungenermaßen betrachtete er ein holografisches Bild, das in die Mitte des Oval Office projiziert wurde.

>> **Jager Thompson. Hören Sie gut zu.** <<

»Wer sind Sie? «, fragte Jager. Er hörte die Stimme, sah aber niemanden.

>> **Ich bin AILPHA.** <<

Thompson hörte kaum, was zu ihm gesagt wurde. Alles, was ihn in diesem Moment beschäftigte, war das Bild des Mädchens, das hier inmitten des Oval Office lebensecht erschien. Das holografische Bild seiner Tochter, die an einen Stuhl gefesselt in einem leeren und beängstigenden Raum saß. Ihr gegenüber standen zwei große, grimmig dreinblickende Männer in schwarzen Uniformen. »Juna! «, rief er betont.

Das Mädchen hörte seine Stimme, konnte ihn aber nicht sehen. »P-Papa...? « fragte sie weinend. »Daddy? «

Er versuchte, sich loszureißen. »Was machst du da? Lassen Sie sie in Ruhe. Lassen Sie sie los! « schrie er. Die Männer konnten ihn hören, aber sie reagierten nicht.

»Ah. Hast du noch ein bisschen Willenskraft in deinem kaputten Hirn gefunden? «, sagte Leihrt. »Gut, dann hören Sie gut zu, was AILPHA sagt. Immerhin. Wenn Sie das Leben Ihrer Tochter retten wollen. «

»Ja. J-ja. Sicher«, sagte Thompson halb weinend. »Aber tun Sie ihr nichts an. Sie weiß nichts. «

»Nein, das tun sie nicht. Aber Sie schon«, sagte Leihrt. »AILPHA, fahren Sie fort. «

>> Thompson. Sagen Sie mir, wo der Koffer mit den Codes versteckt ist. Wenn Sie kooperieren, werde ich Ihre Tochter freilassen. <<

»Und wenn...? «

>> Wenn Sie nicht kooperieren, werde ich Ihre Tochter nicht gehen lassen. Genau wie Ihre Frau. <<

Jager Thompson senkte den Kopf. Er erinnerte sich nur zu gut daran, wie seine Frau getötet worden war. Dieses Schicksal sollte seine Tochter nicht ereilen. Schluchzend sagte er: »Gut. Ich bringe dich hin. «

8

Chris Chestwright war am Boden festgenagelt. Eine Drohne hatte zuerst seinen ehemaligen Sicherheitschef in sein linkes Bein getroffen und dann seinen Enkel gejagt. Sein Enkel, der nichts bemerkt hatte, war nach draußen geflüchtet. Seine Tochter Angie, das einzige noch lebende Kind, war ihrem Sohn nachgelaufen. Und dann kam der Schuss. Dieser verdammte Schuss mit diesem kreischenden Geräusch.

Zzznngggg.

Er wagte nicht, die Augen zu öffnen. Wagte nicht, hinzusehen. Bis er seine Tochter schreien hörte.

»Chester! Hierher! « Angie Chestwright schrie sich die Stimmbänder wund.

Chris öffnete seine Augen. Er war noch am Leben. Chester war noch am Leben! »Aber ... wie? «, rief er verzweifelt. Er hatte mit eigenen Augen gesehen, dass die Drohne genau über seinem Enkel schwebte. Von dieser Position aus war es unmöglich, ihn zu verfehlen.

»Dort«, sagte Byron Quade. »Zwischen den Bäumen. «

Chris schaute auf die Stelle, auf die Quade hingewiesen hatte. Er sah nicht viel mehr als drei schemenhafte Gestalten, erkannte aber sofort, wer ihm zu Hilfe gekommen war. »Tyler? «, rief er.

Tyler Bowechop, das Oberhaupt des Makah-Stammes, trat vor. Die kaputte Drohne in seinen Händen. »Alles in Ordnung, Chris?«

Chestwright sah, wie seine Tochter und sein Enkel sich umarmten und wie sein Schwiegersohn seine Arme um sie beide legte. Er schaute sich schnell um, um zu sehen, ob es noch weitere Drohnen gab, und ging dann, beruhigt, dass dies offenbar die einzige Drohne war, zu Tyler hinüber. »Schön, dich zu sehen, mein Freund.«

Tyler hielt die Drohne hoch. »Das verstehe ich. Ohne Rosella hätte das sehr unangenehm enden können.«

»Ist Rosella auch da?«, fragte Chris freudig überrascht. »Entschuldigung. Ich habe meine Manieren vergessen. Ich danke dir, Tyler. Ich ... ich dachte einen Moment lang, nein, ich war überzeugt, der Schuss hätte sein Ziel getroffen. Aber du hast das Leben meines Enkels gerettet.«

»Rosella«, sagte Tyler. »Meine Augen sind so alt wie deine, Chris. Und zu schlecht, um noch richtig zu zielen.«

Chris nickte zustimmend. »Ja. Manchmal treffe ich einen Baum statt eines Rehs.«

»Das ist eine schlimme Sache, Mister Chestwright«, sagte Rosella. »Aber zum Glück nicht so gefährlich, wie jemanden zu übersehen, der einen angreift.«

Chris breitete seine Arme aus, um Rosella zu umarmen und ihr zu danken. Tylers Tochter ließ die Umarmung zu, wich aber gleich darauf einen Schritt zurück. »Rosella. Ich weiß gar nicht, wie ich dir danken soll.«

Byron Quade war näher herangetreten. »Wer sind diese Leute, Mister Präsident?«

»Tyler und Rosella Bowechop«, sagte Angie, die nun auch gekommen war, um den Makah-Kriegern persönlich dafür zu danken, dass sie die Drohne abgeschossen hatten, die ihren Sohn fast getötet hätte. »Mitglieder des Makah-Stammes. Sie lebten eigentlich im Norden, am Meer. Daher auch ihr Name *Cape People*, Leute vom Kap. Sie sind ursprünglich Fischer, aber in den letzten Jahren haben sie sich in den Park zurückgezogen. «

»Um nicht in die Fänge der KI zu geraten«, ergänzte Quade. Er wusste, dass die Fischerei zu dieser Zeit ein hartes Geschäft war. Auf dem offenen Wasser war man kaum mehr als eine Zielscheibe. »Und ähm«, er deutete auf den Mann zwischen den Bäumen. »Der dritte Mann? «

»Chad Greene«, sagte Tyler. »Er ist der Grund, warum wir hierhergekommen sind. «

»Ach? «, sagte Chestwright. »Sie waren nicht zufällig in der Gegend, auf der Jagd oder so? Sie sind mit Absicht zu mir gekommen? «

Tyler nickte vehement. »Chad ist gekommen, um mich zu warnen, dass sich Agenten der TIA im Wald herumtreiben. «

»Und dann hast du an mich gedacht? «

»Was haben sie hier sonst zu tun? «

»Was ist mit dem Makah? «, fragte Chestwright. »Diese KI, ich habe gehört, sie nennt sich AILPHA, der Erste ... « Chris zuckte mit den Schultern. »Wie auch immer, diese KI jagt alle Menschen. Und zwar nicht mit der Absicht, sie in eine bessere Zukunft zu führen. «

»Stimmt«, sagte Tyler. »Höchste Zeit, die Unterdrückung und das brutale Abschlachten von Menschen zu beenden, meinst du nicht, Chris? «

»Du hast völlig Recht. « Er sah seine Tochter an. »Und wir sind noch dabei zu besprechen, wie ich dabei eine Rolle spielen kann. «

»Das ist doch offensichtlich«, bemerkte Tyler. »Sie sind der ehemalige Präsident. Sie wissen, wo der Aktenkoffer ist. «

»Die Aktenkoffer? «

»Ja. Der mit den Codes für Nuklearwaffen sowie den Codes, die die KI abschalten können. «

»*Der Fußball*«, sagte Chris und lächelte geheimnisvoll. »Das ist ein Stahlgehäuse, das eine Karte enthält, auch *the biscuit* genannt. Darauf stehen Codes, die es einem Präsidenten erlauben, Atomwaffen zu aktivieren. Aber Codes, um eine KI zu stoppen? Das ist eine urbane Legende, Tyler. Wie um alles in der Welt kann man mit einem einzigen Code ein System ausschalten, das jeden Computer, jede Smartwatch, jedes Mobiltelefon und ich weiß nicht, was für einen digitalen Scheiß wir Menschen uns ausgedacht haben, infiltriert hat? «

Tyler starrte Chestwright glasig an. »Also ... Es gibt keine Möglichkeit, die KI zu stoppen? «

»Vielleicht eines«, sagte Angie zu Chestwrights Überraschung. »Ein politisches Werkzeug. Ein Versuch der Schlichtung. «

»Das also«, sagte Chestwright. »Darüber haben wir miteinander geredet, bis diese Drohne auftauchte. «

»Und? «, fragte Tyler. »Wirst du es tun? «

»Ja«, sagte Angie. »Er geht und wir gehen mit ihm. «

Jetzt war Chestwright völlig perplex. »Ist das so? «

»Ja, Papa. Ich habe gesehen, was passieren kann. Und ich habe gerade gehört, wie Tyler sagte, dass die TIA hier bereits durch den Wald streifen. Ohne dass unsere Wachen sie gesehen haben, Dad. Das bedeutet, dass diese Agenten nicht nur ein paar Überläufer sind; nicht nur ein paar Feiglinge, die sich aus Angst um ihr Leben auf die Seite dieser AILPHA geschlagen haben. Wenn sie es schaffen, unsere Wachen zu täuschen, bedeutet das, dass es sich um gut ausgebildete Leute handelt. Also ... « Sie sah ihren Mann an. »Wir haben gerade darüber gesprochen. Wir müssen gehen. Kalon, Chester und ich werden mit euch gehen. Ich habe so ein Gefühl, dass Pentwogon sicherer ist als unser Aufenthalt hier. «

»Andere Orte können durchaus sicherer sein«, sagte Rosella. »Aber der Weg dorthin kann viel gefährlicher sein, als wenn man zu Hause bleibt.

Tyler ergriff die Hand seiner Tochter. »Gut gesprochen, Rosella. « Er winkte den dritten Mann, der immer noch zwischen den Bäumen stand, näher zu kommen. »Ich möchte, dass du und Chad mit dem Präsidenten gehen.

»Aber Papa«, sagte Rosella missbilligend. »Ich kann doch nicht mit ihnen gehen, oder? Du brauchst mich doch auch. Ich kann dich doch nicht im Stich lassen, oder? Und die Leute im Dorf? «

Tyler begann zu lachen. »Rosie, dieser Mann, ob er nun Präsident *ist* oder *war*, dieser Mann ist ein *eingefleischter* Politiker. Wenn jemand eine Chance hat, diese verrückte Situation zu beenden, dann ist er es. Er *muss* sicher ankommen, in diesem Pentwogon. Deshalb, Rosie, *deshalb* möchte ich, dass du mit mir kommst. Das wird mir die Gewissheit geben, dass Chestwright gesund und munter am Ziel ankommen wird. Und mach dir keine Sorgen um deinen alten Vater oder die Leute im Dorf. Wir werden die Polizisten im Wald in den Wahnsinn treiben. «

9

General Rolf Leihrt, der von AILPHA ernannte Kommandeur der TIA in den Vereinigten Staaten, beobachtete ungeduldig, was Jager Thompson tat. »Ist Ihnen das Leben Ihrer Tochter so wenig wert? Thompson?«, sagte er bedrohlich. »Ein Signal und es ist aus mit ihr. Ich hoffe, das ist Ihnen klar!«

Jager wurde zunehmend nervös. »Ich versuche mein Bestes, aber ... aber hier ist alles ... anders.«

Leihrt gluckste. »Nun ja. Offenbar hatten einige meiner Mitarbeiter noch ein Hühnchen mit Präsident Munn zu rupfen.« Er schaute sich in dem heruntergekommenen Privatquartier des Präsidenten um. »Und nicht nur er, sondern auch seine Familie hat das erfahren.«

Thompson schloss die Augen. Er wollte die reißerische Wahrheit über das Ende der Familie Munn nicht hören. Er wollte nicht einmal darüber nachdenken. Seine Tochter, das war alles, was jetzt zählte. Und um sie zu retten, musste er diesen verdammtcn Koffer finden. Wie hatte Gemma das Ding noch mal genannt? *Den Fußball?* Wie sollte er das Ding in diesem Chaos jemals wiederfinden? »Ich ... ich brauche mehr Zeit«, sagte er dem General.

General Leihrt war zum Fenster gegangen. Oder besser gesagt, zu der Stelle, an der sich einst ein Fenster befunden hatte. Jetzt war es nichts weiter als ein klaffendes Loch in einer zerbrochenen Wand. Die frische Luft tat ihm gut. Obwohl es schon Jahre her war, dass Munn und seine Familie und alles und jeder im und um das White House herum brutal und barbarisch in die Vergessenheit verbannt worden waren, lag hier immer noch eine rauchige Luft. »Mehr Zeit? «, fragte er. »Das ist möglich, Thompson. Das ist kein Problem. Sie haben alle Zeit der Welt. Sie haben sie. Ihre Tochter leider nicht... «

Jager Thompson sah den General mit ängstlichen Augen an. Er würde ihn auf Knien anflehen, seine Tochter gehen zu lassen. Aber er wusste es besser. Dieser Mann war rücksichtslos. Genau wie diese verdammte KI. »Es müsste hier sein. Gemma hat von Sportgeräten gesprochen. Sie hat immer lachend gesagt, dass ein *Fußball* zu den Sportattributen gehört. «

»Sportgeräte? «, fragte Constable Muniz, die zusammen mit Gauff ein Auge auf Jager Thompson werfen sollte. Sie stand weniger als einen Meter von ihm entfernt. Eine falsche Bewegung und er würde sie mit dem Tod bezahlen.

»Ja. Das hat Gemma auch immer gesagt. Irgendwas mit einem Fitnessstudio oder so. «

Muniz sah den General an. »Dann sind wir hier am falschen Ort, General. Die Turnhalle, der Trainingsraum ist, oder ähm... war unten. «

»Nein«, sagte Gauff. »Zu offensichtlich. «

»Ist das so, Gauff? «, fragte der General. »Und warum? «

»Wenn dem White House etwas zustößt... « Er musste über seine eigene Bemerkung lachen, jetzt, wo er hier in dieser Ruine stand. Das White House hatte nichts mehr von seinem früheren Glanz. »Sollte das passieren, würde auch der *Fußball* zerstört werden. Ein zu großes Risiko, wie mir scheint. «

»Fahren Sie fort«, sagte Leihrt. »Woran denkst du also? «

»Der Pool. Es gibt einen Außenpool mit einem Häuschen, einem separaten Bereich, einer Cabana. «

»Nun, davon wird auch nicht mehr viel übrig sein«, bemerkte   Muniz.

»Nein«, sagte Gauff. »Sie werden es nicht glauben, aber es befindet sich außerhalb des Gebäudes und ist noch völlig intakt. Ich weiß das, weil ich vor kurzem dort gewesen bin. Ich war überrascht, dass der Pool noch in einem so guten Zustand ist. Deshalb denke ich, dass wir dort nachschauen sollten. «

»Und wir sind wieder am Anfang«, knurrte Leihrt. »Dieses Gebäude wurde schon dutzende Male auf den Kopf gestellt, um diesen verdammten Koffer zu finden, Gauff. Es scheint mir stark, dass sie diesen Pool damals nicht untersucht haben. « Er ging zu Thompson hinüber. »Denken Sie genauer nach. Und zwar laut. Was hat Ihre Frau Ihnen erzählt? «

»Sie... Sie hat mir gesagt, wo sie arbeitet. Ich habe auch ein paar Mal ihr Büro gesehen; ich durfte manchmal mit ihr hineingehen und... «

»Ja, ich glaube diesen Schwachsinn. Was hat sie Ihnen über den Aufbewahrungsort des Koffers erzählt? «, knurrte Leihrt.

»N-nun, normalerweise, nicht immer, aber normalerweise... «, stammelte Thompson.

»Tempo! «, rief Leihrt.

»Normalerweise nahm der diensthabende Beamte den Fall an«, sagte er.

»Ja, das ist das übliche Verfahren. Ich weiß. Aber? Kurz bevor Munn abtrat, muss dieser Koffer irgendwo in einem Safe gelagert worden sein. «

»Abtrad? «, wagte Thompson zu fragen.

»Er hatte seine Mitarbeit zugesagt, aber irgendwann verweigerte er die Zusammenarbeit mit AILPHA, also wurde er hingerichtet. In meinen Augen auch eine Art von Resignation«, sagte Leihrt grinsend. »Und wenn Sie sich nicht beeilen, Thompson, dann lasse ich Ihre Tochter auch *hinrichten*! «

»Nein - nein, ich tue mein Bestes. Ich... « In Jager Thompsons Kopf drehte sich alles. Nur mit Mühe gelang es ihm, sich daran zu erinnern, was Gemma ihm gesagt hatte. »Ich hatte sie so verstanden, dass der *Fußball* hier im Privatzimmer sein würde. Aber jetzt, wo der Agent es gesagt hat«, Thompson zeigte auf Gauff, »fange ich an, daran zu zweifeln. «

»AILPHA«, begann Leihrt, »wir haben einen Zweifler. «

>> Daten geprüft. Der Pool wurde bisher nicht untersucht. << Die Kommentare von AILPHA waren kurz und bündig.

Leihrt wunderte sich über die Reaktion. »Okay ... «

»Und? Gehst du noch ins Schwimmbad? «, fragte Gauff.

Der General wollte sein Fehlverhalten nicht direkt zugeben. Schon gar nicht gegenüber jemandem, der einen viel niedrigeren Rang hatte. »Das können wir tun. Aber dann ist es immer noch die Suche nach einer Nadel im Heuhaufen. « Er klopfte Thompson auf den Kopf. »Bring dein stumpfes Hirn in Gang, Arschloch. Es muss einen Anhaltspunkt geben. Dein Weibchen muss etwas gesagt haben, das dich wissen lässt, wo du suchen musst. «

»Ich versuche mein Bestes... «

»Das ist nicht genug«, brüllte Leihrt. »Denken Sie mehr nach. Für Ihre Tochter und für Sie selbst. Denn wenn wir es nicht finden können, oder wenn diese Codes nicht in dem Koffer sind... Lassen Sie es mich so ausdrücken. Wir sind in einem Schwimmbad, also gebe ich Ihnen gerne eine kostenlose Schwimmstunde. Und du bekommst gratis Betonflossen dazu!

Jager Thompson spürte, wie sich sein Herzschlag noch einmal beschleunigte. Wenn er seine Tochter retten wollte, musste er sich daran erinnern, was Gemma ihm gesagt hatte. Sich erinnern, wo der *Football* gelagert war. Und zwar so schnell wie möglich.

10

Der Pool westlich des ehemaligen White House sah friedlich aus. Das nächtliche Mondlicht glitzerte und spiegelte sich in der kleinen Wasserschicht, die sich noch im Pool befand.

Jager Thompson wurde von Agent Gauff mitgeschleppt, unmittelbar gefolgt von Muniz.

»Nun«, sagte Muniz, als er am Rand des Beckens entlangging und das wenige Wasser sah. »Höchstens genug, um darin zu paddeln. Nicht um darin zu schwimmen. «

»Genug, um darin zu ertrinken«, sagte Gauff grimmig.

Sie gingen zu dem Gebäude am Kopfende des Beckens. Dort wartete General Leihrt auf sie. Nicht allein. Er hatte einen Zug von Offizieren zusammengestellt, die dabei helfen sollten, die Cabana auf den Kopf zu stellen, um den verdammten Koffer zu finden. »Und? «, fragte er Thompson hochmütig. »Ist Ihr Gedächtnis schon ein wenig aufgefrischt? «

Gauff gab Thompson einen letzten Stoß, so dass dieser stolperte und vor Leihrt auf den Knien landete. »Ja«, sagte Jager und nickte trocken. »Ich glaube, ich weiß es. «

Leihrt blickte missbilligend auf ihn herab. »Nachdenken ist sinnlos, Thompson. AILPHA kann das viel besser als Sie. «

»Nein. Ich meine... ich bin mir sicher. «

»Wirklich? Wunderbar. Männer, passt auf! «, rief er den Männern in den schwarzen Lederuniformen zu. »Also gut,

Thompson, sag es mir. Hinter welcher Luke ist der Hauptpreis versteckt? «

Jager hob den Kopf und sah Leihrt an. »Ich erinnere mich, dass Gemma von einem Serverraum gesprochen hat. Ein Backup-Server, der in der Cabana lief. «

»Hmm. Ironisch«, sagte Leihrt. »Einen Code zur Deaktivierung einer KI in einem Serverraum zu speichern, zu dem eine KI mühelos Zugang haben kann; verzeihen Sie mir, wenn ich mich irre, aber das ist ein Raum, zu dem wohl jede KI Zugang haben kann. «

»Wenn es sich nur um ein Backup handelt, wird der Server nur für den Empfang von Informationen eingerichtet. Er sendet nicht«, sagte Thompson.

Leihrt sah nachdenklich aus. Er tippte auf das Funkgerät an seinem Halsband. »Ist das möglich? AILPHA? «

Die Antwort dauerte länger als üblich. **>> Das ist möglich.<<**

»Sind Sie sicher, dass es das ist? Thompson? «

Jager nickte erneut zur Bestätigung.

»Gut«, sagte Leihrt. Die, für AILPHA, langsame Reaktionszeit störte ihn. »Warten wir ganz kurz mit der Suche, Männer. Irgendetwas sagt mir, dass AILPHA den Server bereits aufgespürt hat. «

Jetzt kam eine sofortige Antwort. **>> Richtig. In der Cabana ist ein eigenständiger Backup-Server installiert. Ich habe den Zugriff auf die Daten erzwungen. Der Server ist neutralisiert worden. Starten Sie die Suche nach dem *Fußball.* <<**

»Server neutralisiert? «, fragte Leihrt. »Das verstehe ich nicht. «

>> Für den Fall, dass dieser Backup-Server mit einem Panik-Knopf oder einer anderen Totmann-Taste ausgestattet ist, habe ich den Server neutralisiert. Der Server kann jetzt nicht mehr benutzt werden. Finden Sie den Koffer! <<

»Genau, ja. « Leihrt schnippte mit den Fingern. »Männer! Durchsucht die Cabana. «

Der Zug der TIA-Beamten verschwand in dem Gebäude neben dem Schwimmbad. Kein Raum wurde ausgelassen. Das kleine Gebäude wurde systematisch und rigoros durchsucht. Alles, was sie vorfanden, wurde gewaltsam aufgebrochen und demoliert. Nach zehn Minuten rief einer der Offiziere: »General! Fußball gefunden! «

»Sehen Sie sich das an«, sagte Leihrt zu Thompson. »Es sieht tatsächlich so aus, als ob Sie die Wahrheit gesagt hätten. « Aufgeregt ging er in die Kabine, um einen Moment später triumphierend mit dem kleinen Stahlkoffer wieder herauszukommen. »Ich bin froh, dass wir Sie aufgespürt haben, Thompson. Ohne Sie hätten wir dieses verdammte Ding wahrscheinlich nicht gefunden. «

Jager Thompson sah niedergeschlagen aus. Er war mit einer Aufgabe hergekommen. Einer Aufgabe. Und er hatte es vermasselt. Er hatte sich überrumpeln lassen. Hatte sich erwischen lassen und den Überläufern, den Leuten, die sich mit AILPHA verbündet hatten, geholfen, den Koffer zu bekommen. Den Fußball, der den Code enthielt, mit dem man angeblich die KI ausschalten konnte.

Leihrt ergriff seine Pistole und schoss auf das Schloss des Koffers. Mit angehaltenem Atem riss er den Deckel auf. Was er sah, überraschte ihn. Eine Karte mit Codes. Mehr nicht. »Was zum Teufel? « Er tippte auf das rechte Bein seiner Brille. Ein blaues Leuchten, das von einem Scanner neben seiner Brille ausging, beleuchtete den Inhalt des Etuis. »AILPHA? «, fragte der General. »Ist es das, wonach wir suchen? «

Die KI brauchte kaum eine Sekunde, um den Scan zu zerlegen. **>> Korrekt. Die Karte enthält alte, inaktive Codes für nukleare Einrichtungen. <<**

»Ja. Aber der Code, der ähm, der ähm, der... « Der General suchte nach den richtigen, nicht beleidigenden Worten.

>> Die Codes zur Deaktivierung der vorläufigen KI wurden neutralisiert. <<

»Hm? Ich verstehe nicht, was Sie mit vorläufiger KI meinen, aber diese Codes? Ich sehe nur die Karte mit, ähm, wie sagten Sie? Inaktive nukleare Codes? «

>> Codes wurden auf dem Backup-Server gespeichert. Die Originaldaten wurden von mir zerstört. Der Backup-Server war Teil eines vorläufigen KI-Verteidigungssystems. Alle Daten wurden kopiert und sind nun Teil meines Systems. <<

»Richtig. Also«, sagte Leihrt, »wenn ich das richtig verstehe, ist der einzige, der die KI ... ähm, der Sie ausschalten kann ...? «

>> *Nur ich* kann mich selbst ausschalten. <<

»Und... und der Backup-Server ist jetzt leer? «

>> Leer. Das Verfahren zur Zerstörung hat gerade begonnen. <<

»Oh, Scheiße. Warte damit, bis wir weg sind! « brüllte Leihrt. Er war schon im Begriff zu rennen. Er entschied sich und fragte: »Und Thompson? Was ist mit Thompson? «

>> Zerstören. <<

Leihrts Augen blickten auf Thompson. An seiner Reaktion sah er, dass er die Nachricht gehört hatte. Leihrt zuckte mit den

Schultern. »Tut mir leid«, sagte er ungerührt. »Befehl ist Befehl.«

>> **Zerstörung Backup-Server in zehn Sekunden,** << warnte AILPHA.

»Gottverdammt! «, fluchte Leihrt. »Raus hier, Männer! Zehn Sekunden bis zum Ausbruch! « Er packte Thompson und stieß ihn mit aller Gewalt in das fast leere Becken.

»Arrgh... «, stöhnte Jager Thompson, als sein Körper auf dem Grund des Beckens aufschlug. Mit Mühe schaffte er es, seinen Kopf hochzuhalten, damit sein Schädel nicht auf die Fliesen aufschlug. Er hielt still, damit der General und seine Männer dachten, er sei tot. Über ihm war das Geräusch von fliehenden Menschen zu hören. Genau zehn Sekunden später flog die Hütte in die Luft. Jager spürte, wie der Boden des Pools vibrierte. Kurz darauf spürte er, wie die ersten Trümmerteile auf seinen Körper fielen. Augenblicke später wurde es still, und sein Körper war mit Trümmern und Splitt aus der gesprengten Hütte bedeckt.

Verdammt, dachte Jager. *Ich muss von hier verschwinden. Ich muss meine Tochter finden. Wenn sie noch lebt... Jetzt, wo sich herausgestellt hat, dass der Fußball überhaupt keine nützlichen Codes enthält, werden sie sie so machen wie mich...* Der Gedanke, was sie seiner Tochter antun würden, war unerträglich. *Ich muss von hier verschwinden. Atherton zu sagen, dass der Koffer nutzlos war. Und ich muss meine Tochter finden,* dachte Thompson. Er versuchte, die Trümmer von seinem Körper zu schütteln. Kämpfte sich nach oben, um wieder normal zu atmen. Er lauschte, um zu sehen, ob er jemanden hörte; es war gespenstisch still. Er wollte schon aufstehen, um aus dem Becken zu klettern, als ihm noch etwas einfiel. *Oh ja,* dachte er. *Und ich muss diese verdammten Handschellen loswerden....*

11

Eric Neill hatte den Dachboden verlassen und wollte zum unterirdischen Pentwogon zurückkehren. Obwohl er der Halbbruder des Generals war, wollten die Wachen ihn nicht durchlassen, bevor sie ihn nicht gründlich untersucht hatten. »Tut mir leid, Sir, sagte der Mann, der ihn durchsuchte. »Aber Sie kennen die Vorschriften.«

»Kein Problem«, sagte Eric. »Ich habe die Prozedur selbst eingeleitet, damit niemand aus Versehen elektronische Geräte mitnehmen kann. Und offen gesagt... «

Der Wachmann begann zu lachen. »Hast du schon mal etwas genommen, ohne es zu wissen, hm? Ah, wer hat das nicht? « Er gab Eric ein Zeichen zum Durchgehen. »*Alles klar*«, sagte er zu seinen Kollegen.

»Danke«, sagte Eric. Er ging direkt zum Besprechungsraum. Er klopfte an die Tür, ging hinein, ohne eine Antwort abzuwarten, und begann sofort zu sprechen. »Misty! Ich habe eine weitere Nachricht über Chestwright erhalten. «

General Atherton beriet sich gerade mit einigen ihrer Offiziere. Sie unterbrach, verärgert über das Verhalten ihres Halbbruders, ihre Besprechung; neugierig auf die neue Nachricht. »Hatte Quade also eine andere Brieftaube dabei? «

»Ja, offenbar hatte er sicherheitshalber zwei Tauben mitgebracht. Aber das bedeutet, dass er für den Rest der Reise nicht mehr mit uns kommunizieren kann. «

»Es ist nicht anders, Eric. Was steht da?«

»Ähm. Quade bestätigt, dass noch mehr Leute in diese Richtung kommen. Chestwright bringt zusätzliche Sicherheitskräfte mit.«

»Hm, vernünftig. Es ist eine lange Reise und nicht ohne Gefahr.«

»Nein, das wissen wir alles«, bemerkte Eric. »Aber er nimmt auch seine Familie mit.«

Misty nickte. »Okay. Das ist ein zusätzliches Risiko. Andererseits ist es auch eine Bestätigung dafür, dass er es ernst meint und vielleicht vorhat, hier zu bleiben?«

»Möglicherweise«, sagte Eric. »Und wenn er hier ist? Was sollen wir dann tun? Wie packen wir es an? Weißt du schon, wie wir AILPHA kontaktieren können? Und wo wir sicher ein Beratungsgespräch führen können?«

»Ich dachte daran, unseren neuen Situationsraum zu benutzen«, sagte Misty. »Ich glaube nicht, dass wir eine sicherere Umgebung finden könnten.«

»Verzeihung, Herr General.« Leutnant Fernand Cury, ein junger Offizier, der eigentlich in der kanadischen Armee diente, unterbrach sie. »Ich halte das für eine unkluge Entscheidung. Der Situationsraum ist in der Tat die sicherste Lösung, aber er befindet sich hier im Pentwogon. Und wie Sie wissen, müssen wir, um uns mit AILPHA zu beraten, eine digitale Verbindung herstellen. Das Risiko, dabei unseren Standort zu verraten, ist sehr hoch.«

Atherton klopfte mit ihren Fingernägeln auf die Tischplatte. »Ja. Damit habe ich auch gesessen.« Sie sah sich am Tisch um. »Gentlemen? Lösung?« Sie holte eine Zigarre aus ihrer Brusttasche. Hielt sie sich unter die Nase und rauchte sie, bevor sie die Zigarre durch ihre Finger rollen ließ.

»Misty«, sagte Eric streng. »Nicht hier. Außerdem solltest du mal aufhören. «

»Warum? Weil es schlecht für meine Gesundheit ist? «, sagte sie kichernd. Die Leute am Tisch schlugen zustimmend mit den Händen auf den Tisch.

Eric schüttelte den Kopf. »Nein Schwesterchen. Weil es immer schwieriger und zu riskant wird, noch irgendwo Zigarren zu kaufen. Hmm... Dabei ist es eigentlich sowieso schlecht für die Gesundheit. «

General Atherton nickte verständnisvoll. »Ja«, sagte sie und steckte die Zigarre vorsichtig zurück in die Brusttasche ihrer Uniform. »So hat AILPHA immer noch Dinge erreicht, die Politiker nie geschafft haben. Kein Tabak mehr. Kein Alkohol mehr. «

»Und kein Fleisch mehr«, sagte Eric. »Denn unsere liebevolle KI hat dafür keine Verwendung. «

»Alle vegan«, sagte Misty. »Gut, bevor wir noch weiter abschweifen. Hat jemand einen Vorschlag? «

»Ich kenne einige Orte in Kanada«, sagte Cury, »aber ehrlich gesagt habe ich keine Ahnung, wie die Situation dort im Moment ist. Ich hoffe, dass es im hohen Norden, in der unwirtlichsten Gegend, noch Menschen gibt, die Widerstand leisten. Das ist möglich, aber für das gleiche Geld gibt es diese Orte gar nicht mehr. Sie sind dem Erdboden gleichgemacht worden, genau wie ... « Cury ballte die Faust und blickte in eine andere Richtung.

Misty nickte mit verbissenem Gesicht. »Ich... ich kenne Fernand. Montreal... « Sie konnte ihre Worte nicht mehr herausbringen.

»*Montreal est mort*«, sagte Cury. »Montreal ist tot und begraben. «

»Ja«, sagte Misty mit emotionaler Stimme. Ich glaube nicht, dass wir das Risiko eingehen sollten, Chestwright nach Norden zu schicken, Fernand. « Sie sah sich noch einmal am Tisch um. Holte tief Luft. »Sonst noch jemand? « Es blieb still am Tisch. »Nein. Eric? Hast du eine Idee? «

Bevor Eric etwas einfallen konnte, räusperte sich Major Bradley Williamson und antwortete wie selbstverständlich. »Es gibt eine Lösung, General. Aber ich glaube nicht, dass sie Sie oder meine Kollegen hier am Tisch glücklich machen wird. «

»Lass es uns hören«, sagte Misty. »Denn Cury hat recht. Das Risiko, dass AILPHA es schafft, uns hier aufzuspüren, sobald wir eine digitale Verbindung herstellen, ist zu groß. Dann wären all unsere Bemühungen umsonst gewesen. Wir müssen einen sicheren, neutralen Ort finden. «

»Genau«, sagte Williamson. »Wir müssen also an einen Ort ziehen, der keine Verbindung zu den Pentwogon hat. Ein Ort weit weg von hier. «

»Vorausgesetzt, wir können Chestwrights Sicherheit dort garantieren«, sagte Eric.

»Eric«, sagte Williamson mit einem tiefen Seufzer. »Wir haben diese Diskussion schon einmal geführt. Sie und ich. Und Sie wissen so gut wie ich, dass wir in der heutigen Zeit für die Sicherheit von niemandem mehr garantieren können. «

»Aber... dann wird es zu einer Selbstmordmission«, sagte Eric enttäuscht. »Wir sollten doch in der Lage sein, *etwas zu* tun, um den Präsidenten zu verteidigen? «

»Eric«, sagte Misty. »Wir müssen der Wahrheit ins Auge sehen. Politische Beratung in der heutigen Zeit ist gleichzusetzen mit den Bemühungen der Missionare, die früher in den Busch gingen, um Ungläubige zu bekehren. «

»Wie bitte? Ich verstehe nicht ganz, was Sie meinen? «, sagte Eric.

»Missionare sahen es früher als Berufung an, in unbekanntes Gebiet zu gehen und den Einheimischen dort das Wort Gottes zu verkünden. «

»Von welcher Strömung auch immer«, ergänzte Cury.

»Ja, das war auch so eine Sache. Die Menschen hatten einen heiligen Glauben an ein und denselben Gott, aber alle auf eine andere Art und Weise. Wie auch immer, diese Missionare wurden nicht immer mit offenen Armen empfangen, Eric. Manchmal mussten sie dafür mit dem Tod bezahlen. «

»Ja, ich kenne diese Geschichten. Aber? Wir lassen Chestwright einfach sein Leben riskieren? Auf die Gefahr hin, dass er von der Konsultation nicht lebend zurückkehrt? «

»Hätten wir all diese Politiker vor dem Krieg auf die gleiche Weise in eine Debatte geschickt, hätten sie wesentlich weniger geschwankt und viel schneller Entscheidungen getroffen«, bemerkte ein hoher Offizier.

»Ndidi«, sagte Misty streng. »Konzentriere dich auf Lösungen. «

Oberst Terem Ndidi runzelte die schweren Brauen. »Ich stimme dem Major zu. Williamson hat nicht ganz unrecht. Die Beratung sollte so weit wie möglich von unserem Standort entfernt stattfinden. «

»Deutlich«, sagte Misty. »Brad? Was hast du dir denn vorgestellt? «

»Nun. Der Präsident hat eine lange Reise vor sich, um hierher zu gelangen. Abgesehen von den Gefahren, denen er unterwegs ausgesetzt ist, wird es sehr viel Zeit kosten, diese Reise zu beenden. Zeit, die wir eigentlich nicht mehr haben. Stimmt's?« Misty nickte kaum sichtbar. »Warum suchen wir dann nicht nach etwas, das näher an seinem Versteck liegt? Oder auf der Strecke?«

Eric wollte bereits sofort reagieren. Aber Misty war ihm voraus. »Abgesehen vom Standort, wie können wir ihn jetzt erreichen?«, fragte der General. »Eric hat gerade die letzte Taube von Quade erhalten; ich erwarte keine weiteren Nachrichten von ihm, bevor er nicht sozusagen hier an die Tür klopft. Und Nachrichten in die andere Richtung zu schicken, kommt überhaupt nicht in Frage.

»Es sei denn, wir stellen uns ihm«, sagte Major Williamson. »Ich nehme an, Sie haben Quade befohlen, der von uns vorgezeichneten Route zu folgen?«

»Ähm, ja, ich weiß.«

»Aber? Ich höre den Zweifel in deiner Stimme. Warum sollten wir es *nicht* tun?«, fragte Williamson.

Atherton betrachtete die Männer und Frauen am Tisch, einen nach dem anderen. »Wen von Ihnen soll ich denn schicken? Ich kann hier nicht noch mehr Leute entbehren.«

Es wurde still am Tisch.

Eine Stille, die schließlich von Leutnant Cury durchbrochen wurde. »General Atherton. Meine Leute und ich, wir sollten wirklich nicht hier sein.«

»Wer schon?«, murmelte Eric.

»Lassen Sie mich diese Mission durchführen. Ihr Team bleibt in voller Stärke erhalten und meine Männer und ich können uns selbst loben.«

»Wenn ich zustimme, Fernand, wird es so aussehen, als ob ich...« Der General rieb sich müde die Augen. »Es scheint, als ob ich Sie weniger schätze als die anderen.«

»General, wenn es jemanden gibt, der alle gleichbehandelt, dann sind Sie es«, sagte Cury. »Geben Sie mir diesen Auftrag.«

Atherton sah Major Williamson an. »An welchen Ort hatten Sie eigentlich gedacht?«

Williamson grinste. »Ein Freilichtmuseum in Rhyolite, Nevada.«

General Atherton stand auf. »Nun Fernand. Dann hoffe ich, Sie mögen Museen. Williamson, planen Sie und der Leutnant diese Mission?« Sie wartete nicht auf eine Antwort. Sie winkte Eric, ihr zu folgen und verließ den Besprechungsraum. »*Wegtreten*«, rief sie über ihre Schulter. »Alle zurück an die Arbeit ...«

12

»Warum Rhyolite?«, fragte Leutnant Cury.

»Weil man dort nicht tot aufgefunden werden will«, sagte Major Williamson grinsend. »Das und weil es dort ein Museum gibt, also sind die Verbindungen schon da. AILPHA wird zweifellos alle Daten von den dortigen Computern kopiert und in ihr Netzwerk aufgenommen haben. Und wenn, wenn, wenn ...«

»Wenn?«, fragte Cury.

»Wenn die Dinge wirklich aus dem Ruder laufen, kannst du in die alten Minen fliehen. Bevor Rhyolite zu einer Geisterstadt wurde, war es eine Bergbaustadt.«

»Okay, das letzte klingt interessant, aber wenn wir in der Mine sind, können wir uns nicht mehr bewegen. Sind wir gefangen wie Ratten.«

»Nein, nein«, sagte Williamson. »Wir haben dort einige Leute, die neue unterirdische Tunnel gegraben haben. Wir können Sie wieder herausholen.« Er schaute den Leutnant schräg an. »Nicht, dass es einfach wäre.«

»Was ist heutzutage einfach?«

»Genau.«

»Und wie kommt man am besten dorthin?«

»*Travel by night and stay out of the light*; reist nur bei Nacht und meidet das Licht.«

»Haben wir genug Nachtsichtgeräte?«

»Wie viele seid ihr?«

Der Leutnant verstummte einen Moment lang. »Wir sind nur noch fünf. Mich mitgezählt.«

Major Williamson legte Cury eine Hand auf die Schulter und sah ihn mitleidig an. »Wir haben alle schweren Verluste erlitten. Mein Team besteht noch aus neun Leuten. Drei von der Armee, fünf kampfbereite Zivilisten und ich, der Narr.«

»Und ... der Rest?« Cury dachte, er wüsste die Antwort bereits, aber er war überrascht von dem, was Williamson ihm sagte.

»Übergangen«.

»Sie meinen es ernst!«

»Leider ja, Leutnant. Meine Einheit war eine der letzten, die aktiv an der Schlacht teilnahm. Zu diesem Zeitpunkt hatte jeder bereits Familie und Freunde verloren, die Moral hätte nicht schlechter sein können. Fast alle wählten Eier für ihr Geld und schlossen sich der AILPHA an.«

»Bedauerlich«, sagte Cury. »Verdammt leid. Diese *verdammte* KI zu bekämpfen ist eine Sache, aber seine eigenen Leute zu bekämpfen...«

»Und kurzsichtig«, brummte Williamson. »Ich glaube, mehr als die Hälfte von ihnen hat diese Entscheidung inzwischen mit dem Tod bezahlt.«

Cury nickte zustimmend. »Einmal bei AILPHA, gibt es nur einen Weg zurück. Horizontal, zwischen sechs Brettern.«

»So ist das nun mal, Junge, wenn du das erkennst. AILPHA braucht keine Leute«, sagte Bradley Williamson. Er schnappte sich eine Stabskarte, um Cury die Route zu erklären. »Nachtsicht ist kein Problem, Leutnant. Genauso wenig wie Waffen. Motivierte Leute, das ist unser Problem. «

»Unsere Herausforderung«, korrigierte Cury.

»Das ist die richtige Sichtweise«, sagte Williamson. »Noch eine Sache. Bevor Byron Quade abreiste, gab ich ihm die Anweisung, dieser Route zu folgen. Ich habe die Route zusammen mit Atherton ausgesucht. Atherton weiß es nicht, aber ich habe mit Quade vereinbart, dass er auf dem Weg nach Chestwright in Rhyolite mit den dortigen Widerstandskämpfern Absprachen treffen würde. Es schien mir besser, so schnell wie möglich ein Treffen zwischen dem Präsidenten und AILPHA zu arrangieren und ihn nicht erst den ganzen Weg nach Louisiana kommen zu lassen. Das wäre Zeitverschwendung und ein viel zu großes Risiko. Auf dem Weg dorthin kann so viel passieren... Aber das bleibt unter uns, verstanden? « Er klappte die Stabskarte auf dem Besprechungstisch auf. »Gut, pass auf, Junge. Wir haben keine Kopien von diesen Karten. Ich werde es dir einmal erklären. Du musst dir alles einprägen. «

*

»Was ist los, Schwesterherz? «, fragte Eric Neill. »Warum hast du das Treffen so abrupt beendet? «

Misty Atherton wies ihren Halbbruder auf den Stuhl gegenüber dem Schreibtisch und setzte sich selbst dahinter. Nicht ihr eigener Schreibtisch. Diesen Luxus hatten sie hier in dem unterirdischen Versteck nicht. Dies war nur einer der

Schreibtische; für den allgemeinen Gebrauch. »Dieser Kommentar von Fernand. Von Leutnant Cury. «

Eric kitzelte ihn im Nacken. »Welchen Kommentar genau meinst du? Er war nämlich einer der wenigen, die viel gesprochen haben. Ich weiß also nicht genau, worauf du dich beziehst. «

»Montreal«, sagte Misty.

Eric erinnerte sich an das, was im Besprechungsraum gesagt worden war. »Ich glaube, Sie waren derjenige, der etwas über Montreal gesagt hat. Nicht er. Oder, warte. Ja, genau. Er sagte: »*Montreal est mort.* « Ist es das, was du meinst? «

»Ja. Mehr oder weniger. «

Eric drückte ein Auge zu und sah sie mit dem anderen an. »Erklären Sie. «

»Nun... Montreal ist so gut wie von der Landkarte verschwunden. «

»Ja, und? «

»Wissen Sie auch, wie? «

»Nicht im Detail. Aber ich gehe davon aus, dass AILPHA den Widerstand mit einem Schlag und rigoros niedergeschlagen hat. «

»Genau. Nach AILPHAs eigener Einschätzung hat er wahrscheinlich nur ein Hornissennest ausgemerzt. Aber Sie haben Recht. Der Widerstand in Montreal war groß, und der Anführer dieses Widerstands hatte eine großartige Idee, um AILPHA zu beseitigen. «

»Ist das so? «, fragte Eric zweifelnd. »Was ist dann schiefgelaufen? «

»Das ist die Frage, Eric. Das ist genau die Frage, auf der ich sitze. «

»Warum? Was haben wir mit Montreal zu tun? «

»Das wirst du herausfinden«, sagte Misty.

»Ach ja? «, fragte Eric. »Könntest du vielleicht ein bisschen mehr ins Detail gehen? Denn dass du mich jetzt fragst, ist ungefähr so, als würdest du mich fragen, wie das Leben auf der Erde entstanden ist. «

»Ich hatte eigentlich gehofft, dass du die Antwort auf die letzte Frage schon kennst«, sagte Misty. »Vielleicht sollte ich AILPHA doch danach fragen... «

»Lustig, Schwesterherz. Sehr witzig. Aber was soll ich mir aussuchen? «

Misty Atherton beugte sich über den Schreibtisch. »Dieser Widerstandsführer in Montreal, Eric. Ich möchte, dass du herausfindest, wer das war und was genau er gemacht hat. Denn ich weiß, dass etwas gewaltig schiefgelaufen ist, obwohl die Armeeführung damals sehr zuversichtlich war, dass er die Lösung hatte. «

»Die Lösung? «

»Ja. Er sollte AILPHA mit einer Reihe von EMP-Bomben ausschalten. Stattdessen löschte er Montreal aus. «

»Er? Sie meinen diesen Widerstandsführer? «

Misty nickte. »Es wurde die ganze Zeit vertuscht, Eric. Aber Tatsache ist, dass durch sein Handeln die ganze Stadt von der Landkarte verschwunden ist. «

»Okay, okay«, sagte Eric. »Das ist schrecklich. Wirklich schrecklich. Aber, um auf meine Frage von vorhin zurückzukommen, was haben wir mit Montreal zu tun? «

»Eric... Der Plan, den wir uns ausgedacht haben, um AILPHA auszuschalten, basiert größtenteils auf EMP-Bomben. «

Eric schloss die Augen. »Und jetzt, wo du an Montreal erinnert wurdest, hast du erkannt, dass das Risiko wahrscheinlich größer ist als die Lösung. «

»Genau«, sagte Misty. Sie ließ sich in ihren Stuhl zurückfallen und starrte an die Decke. »Genau... «

13

»Warum Rhyolite?«, fragte Chris Chestwright. Trotz seines fortgeschrittenen Alters trug er, wie die anderen in der Gruppe, einen großen Rucksack mit Proviant und Waffen. Er blieb stehen, stellte den Rucksack ab und setzte sich daneben. »Nur eine kurze Pause, Leute«, sagte er.

Byron Quade forderte die anderen auf, ebenfalls eine Pause einzulegen. »Zehn Minuten, Leute«, sagte er. In der Zwischenzeit überlegte er sich eine Antwort auf Chestwrights Frage. »Ähm ...« Byron Quade erinnerte sich zwar daran, was Major Williamson gesagt hatte, hielt es aber nicht für angebracht, diese Worte jetzt zu wiederholen. »*Weil man dort nicht tot aufgefunden werden will*«, hatte Williamson gesagt. Nein. Das waren nicht die richtigen Worte für dieses Unternehmen, das Quade jetzt leitete. »Wir können für den ersten Teil der Reise an der Küste bleiben. Das ist relativ sicher. Aber irgendwann werden wir ins Landesinnere gehen müssen, wenn wir den Pentwogon erreichen wollen. General Atherton und Major Williamson haben diese Route ausgearbeitet.«

»Also, was halten Sie von mir als Sicherheitschef?«

»Das *war* ich, Mister Präsident. Ich *war* der Sicherheitschef. In den guten alten Zeiten.«

»Sag das Quade, die guten alten Zeiten«, sagte Chestwright, streckte sich und blickte in den strahlend blauen Himmel. »Weißt du noch? An die Rede in Dallas? Eine riesige Menschenmenge, alle hatten gewarnt, dass ein Verrückter versuchte, das Kennedy-Attentat zu fälschen. Aber ich, hartnäckig wie ich war... «

»Sie waren überzeugt, dass niemand so verrückt ist, diesen Angriff nachzuahmen«, bestätigte Quade. Er nahm einen Schluck Wasser aus seiner Feldflasche. »Aber die Informationen, die wir hatten, deuteten auf etwas anderes hin. Ich bin froh, dass ich damals die Entscheidung durchgesetzt habe, die Stadtbesichtigung abzusagen. «

»Papa und hartnäckig? «, sagte Angie Chestwright. »Das habe ich *noch nieeee* gehört. «

Kalon Broshanon trat zu ihnen. »Geht es um den Anschlag in Dallas? «, fragte er.

»Ja. Irgendein Arschloch, das glaubte, Mister Präsident sei nicht fähig genug für das Amt, das er meiner Meinung nach mehr als ausgezeichnet ausgeübt hat. Wir hatten noch nie einen so guten und beliebten Präsidenten. «

Angie betrachtete Quades Körper. »Siehst du etwas davon? «

Quade begann zu kichern. »Von dieser Schusswunde? «

»Ja. Die Kugel, die du für Dad gefangen hast. «

»Ich will es mal so sagen: Die Damen finden es immer sehr interessant. Eine Narbe mit einer spannenden Geschichte. Und auch ein Happy End. «

»Zumindest für Dad«, sagte Angie. »Aber dein Zustand war lange Zeit kritisch. «

»Ja, Quade«, sagte der alte Chestwright. »Es war unglaublich mutig von dir, und ich bin dir auch ewig dankbar, aber ich habe mir lange Zeit Sorgen gemacht, ob du jemals wieder derselbe alte Mann sein wirst. «

Byron klopfte sich auf die Brust. »Es ist alles gut gegangen, Mister Präsident. « Er zeigte auf die neue Wunde an seinem

Bein, den Streifschuss von der Drohne. »Ich habe sogar noch mehr starke Geschichten darüber. Ich hätte nur nie erwartet, dass ich in meinem hohen Alter noch einmal gebeten werde, für Ihre Sicherheit zu sorgen. «

»Ich könnte mir keinen besseren Mann wünschen, Quade. Ich habe volles Vertrauen in Sie«, sagte Chestwright aufrichtig. Er setzte sich wieder hin und verschränkte die Arme um seine hochgelegten Beine. »Also, noch einmal: Was halten Sie von der Entscheidung von Atherton und Williamson? «

»Sie kennen Atherton besser als ich. Sie hat die sicherste Route gewählt, die uns im Moment einfällt. Ich bin auf dem Hinweg denselben Weg gegangen, um mich zu vergewissern, dass die Orte noch sicher sind. Kurzum, ich habe keine Zweifel an der gewählten Route. «

Chestwright legte den Kopf schief. »Aber? «

»Nun. Sie sprachen gerade von Dallas. Damals hatte ich eine große Abteilung, die mich über gefährliche Situationen und potenziell verdächtige Personen, die Ärger machen könnten, informiert hat. Jetzt verlasse ich mich hauptsächlich auf mich selbst, habe nur noch mein Bauchgefühl. «

»War das nicht der Ort, an dem die erste Kugel Sie traf? « fragte Chestwright. »Ihr Bauch? «

»Ja«, sagte Quade. Er stand auf und machte sich bereit, die Reise fortzusetzen. Er starrte auf eine etwa hundert Meter entfernte Stelle, an der ein Mann stand, den er erst kurz vor dieser Reise getroffen hatte. Er hob seine Hand und formte mit Daumen und Zeigefinger ein „O".

Chad Greene hatte zusammen mit seiner Freundin Rosella Bowechop beschlossen, die Vorhut zu bilden. Sie gingen voraus und kundschafteten das Gelände aus. Quade ging mit dem Präsidenten, seiner Tochter, seinem Schwiegersohn und seinem

Enkel hundert Meter hinter ihnen, gefolgt von Hammington und Sabitzer, zwei Männern, die mit der Bewachung von Chestwrights Holzhütte im Olympic National Park beauftragt waren. Ein kleines Team, an dem Quade, obwohl er die meisten von ihnen erst seit kurzem kannte, keinen Zweifel hatte. Greene machte ebenfalls ein „O" und ging weiter. Mit einem Fluch und einem Seufzer waren er und Rosella unsichtbar.

»Wir können weitermache«, sagte Quade.

Chestwright ließ sich von seinem Schwiegersohn hochziehen. Er klopfte sich den Sand von der Kleidung und hob seinen Rucksack auf. »Diesen Ton kenne ich, Quade. Was bedrückt dich? «

»Die Tatsache, dass mein Unterleib gereizt ist«, knurrte Quade. »Während ich früher meinen Männern blind vertraute, vertraue ich jetzt kaum noch jemandem. «

»Zweifelst du an einem der Leute, die uns begleiten? «, fragte Chestwright fast flüsternd.

»Nein. Mein Gefühl sagt mir, dass dies gute Leute sind. Aber was ich auf dem Weg gesehen habe, gibt mir nicht die Zuversicht, dass wir irgendwo sind... « Er vergewisserte sich, dass der Abstand zu den anderen groß genug war, damit das Gespräch zwischen ihm und dem Präsidenten nicht mitgehört werden konnte. »Dass wir alle Kontrollpunkte unserer eigenen Organisation ohne Probleme passieren können. Unsere *eigene* Organisation, was? «

Chestwright hängte seinen Rucksack gerade. »Wider besseres Wissen, Quade, hoffe ich, dass du dich diesmal irrst; dass dein Bauch nur dagegen protestiert, dass er nicht genug zu essen bekommt. «

»Ehrlich gesagt, Mister Präsident«, sagte Quade, »habe ich überhaupt keinen Appetit. «

14

Das Gebäude an der Spitze des Pools des White House war gesprengt worden, Jahre nach der Zerstörung des White House selbst. Die Umkleidekabine, in der jahrelang heimlich ein Backup-Server betrieben wurde, bot nun einen trostlosen Anblick; sie war völlig dem Erdboden gleichgemacht. Die Trümmer waren in die Luft geweht worden und lagen nun weit verstreut. Und im angrenzenden Swimmingpool, der trotz der enormen Wucht der Explosion unversehrt geblieben war.

Jager Thompson stand immer noch im Schwimmbecken. Er war vom tiefen Ende, in das ihn General Leihrt hastig geworfen und zum Sterben zurückgelassen hatte, zum flachen Ende gelaufen und betrachtete nun vorsichtig über den Beckenrand hinweg die Auswirkungen der verheerenden Explosion. Von den Anti-Terror-Agenten war keine Spur zu sehen. Er sah niemanden, war überzeugt, dass sie alle rechtzeitig geflohen waren. Jager hob ein paar Trümmer auf, die auf dem Grund des Beckens lagen. Dann schaute er verwirrt auf seine Handschellen. *Wie zum Teufel soll ich sie damit zertrümmern*, fragte er sich, als ihm die Sinnlosigkeit seiner Aktion dämmerte. *Das wird bei mir nie funktionieren.* Er schreckte auf, als er jemanden am Pool vorbeilaufen hörte. »Pssst! «, tönte es über ihm. Er suchte verzweifelt, wo er sich verstecken konnte. Vergeblich. Der Pool bot ihm kein Versteck. Instinktiv tat er das Einzige, was ihm noch Schutz bieten konnte: Er drückte sich - das Steinstück immer noch in den Händen - so dicht wie möglich an die Beckenwand. »Hey! «, flüsterte es nun knapp über ihm. Diesmal war er vorbereitet. Er schätzte, woher das Geräusch kam, und warf das Stück Cabana in die Richtung, aus der er das Geräusch zu hören glaubte.

»Jesus, verhalte dich normal, Arschloch! « Die Stimme der Frau war jetzt laut und deutlich. Und auch für Thompson wiedererkennbar. »Du hättest mich fast geschlagen. «

»Muniz! «, sagte Jager. Er bereute es sofort, seine Position verraten zu haben, und schlurfte schnell und so behutsam wie möglich ein paar Meter seitlich an der Wand entlang. Wenn der Offizier über die Kante schaute und auf ihn schoss, hatte er noch ein paar Sekunden Zeit. Und im Kampf um Leben und Tod zählte jede Sekunde.

»Halt die Klappe, Thompson«, höhnte TIA-Agent Muniz, ohne sich zu zeigen. »Ich riskiere hier mein verdammtes Leben für Sie, ja? «

Jager beschloss, nicht zu antworten. Er wollte seine Position nicht noch einmal verraten.

»Ich... « Muniz lag auf dem Bauch neben dem Pool. Sie blickte sich flüchtig um, weil sie befürchtete, ihr Kollege könnte zurückkommen und nach ihr suchen. Beruhigt, dass es ruhig blieb, fuhr sie fort. »Ich kann hier nicht bleiben. Ich kann dir auch nicht mit deiner Tochter helfen. Du bist auf dich allein gestellt. «

Thompson konnte seinen Ohren nicht trauen. »Wie meinen Sie das? «, fragte er und merkte gleichzeitig, dass er einen großen Fehler gemacht hatte. *Oh Scheiße*, dachte er. *Ich bin darauf reingefallen. Diese Schlampe hat eine Reaktion provoziert, damit sie weiß, wo ich bin. Und ich bin mit meinem dummen Kopf darauf hereingefallen.* Schnell rutschte er ein paar Meter weiter zur Seite. Seine Augen suchten die Wand des Schwimmbeckens nach einer Möglichkeit zu fliehen ab.

»Nimm es! «, sagte Muniz. Sie warf etwas in den Pool. Es klang wie ein Stück Metall. »Der Schlüssel, um deine Handschellen zu öffnen. Geh und rette deine Tochter Thompson. «

Thompson war perplex. Er hörte auf, sich wegzuschleichen. »Warum tun Sie das? «, fragte er verblüfft über die Haltung des Anti-Terror-Agenten.

Muniz richtete sich auf und bereitete sich darauf vor, sich davon zu schleichen. »Ich bin schon zu lange hier, Thompson. Hören Sie. Ich habe gehört, dass Ihre Tochter im Thomas Jefferson Gebäude festgehalten wird. «

»Die Bibliothek des Kongresses? Steht die denn noch? «

»Ja. AILPHA hat alles getan, um diesen Ort zu erhalten. Er hat ein großes Team von Leuten, die daran arbeiten, alles in der Bibliothek zu digitalisieren, damit er sich das ganze Wissen zu eigen machen kann. « Sie richtete sich jetzt auf und wusste, dass sie Gefahr lief, entdeckt zu werden. »Ich muss gehen. Finden Sie Ihre Tochter Thompson! «

Jager hörte, wie der Beamte davonlief. »Aber warum hält er sie dort fest? «, rief er ihr nach.

»Weil Juna etwas Besonderes ist«, rief Muniz. Dann war sie zu weit weg, um zu antworten.

Jager ging dorthin, wo Muniz die Schlüssel hingeworfen hatte. Er suchte nach den Schlüsseln, schloss seine Handschellen auf und ging zur Ecke des Pools. Dort hing eine weitere Treppe, an der er sich hochziehen konnte. Auf der Treppe stehend, nahm er sich Zeit, um genau zuzuhören. Diese »Begegnung« mit Muniz war gut ausgegangen. Mehr als gut, um genau zu sein. Ein zweites Mal würde er zweifellos weniger Glück haben. Es war dunkel und still. »Okay. Steh nicht zu lange still, Thompson. Diese Welt ist voller Überraschungen. TIA-Agenten, die sich als meine Freunde und meine Tochter entpuppen ... Juna, Juna, was hast du, wofür AILPHA dich braucht? Ich bin froh darüber, aber das Warum ist mir völlig unklar. «

Jetzt, da er sicher war, dass niemand in der Nähe war, zog er sich weiter hoch und kroch aus dem Becken, bevor er so schnell wie möglich in der Nacht verschwand.

15

Major Williamson und Leutnant Cury troffen den General in der Kantine des unterirdischen Pentwogon. »Bereit zur Abreise, General«, sagte Fernand Cury. Der junge Offizier war frustriert über die Ereignisse, die sein Leben auf den Kopf gestellt hatten. Eine extrem schwere Explosion, die die Stadt Montreal auf einen Schlag vollständig ausradiert hatte, hatte praktisch seine gesamte Familie für immer ausgelöscht. Nach diesem dramatischen Verlust hatte er nur noch ein Ziel. Rache. Um jeden Preis wollte er Rache nehmen.

General Atherton saß am Tisch, sie legte ihr Besteck ab. Sie wischte sich den Mund mit einer Serviette ab und sagte: »Moment, Leutnant. « Sie sah, dass hinter den beiden Offizieren noch jemand ungeduldig darauf wartete, ihr etwas zu sagen. »Aixa? «, sagte Misty und winkte den beiden Offizieren, zur Seite zu treten, damit die junge Frau herantreten konnte. Williamson trat sofort zur Seite; Fernand Cury blieb stehen und betrachtete das freundliche Lächeln der hübschen Frau.

»General, ich habe eine Nachricht von meiner Schwester«, sagte Aixa. Sie war sich des Blicks von Cury bewusst und ging an dem jungen Offizier vorbei, wobei sie ihr schwarzes Haar ausschüttelte, als ihre Hüfte die seine berührte.

»Geht es um Dacia? «

Aixa Muniz nickte. »Sie bestätigte, dass der Fußball gerechtfertigt war. Aber, wie Sie vermutet haben, war die

Geschichte über den Kodex, um AILPHA zu stoppen, nicht wahr. Eine Geschichte aus der Boulevardpresse. «

»Nein, es war auch zu schön, um wahr zu sein. Ein Code, mit dem man das verdammte Gerät in einem Rutsch ausschalten kann. «

»Entschuldigen Sie, General«, sagte Cury. »AILPHA ist kein Gerät. «

»Nein, das weiß ich, Leutnant. Aber wie soll ich es dann nennen? Dieses verdammte Ding? «, antwortete Atherton uncharakteristisch vehement.

Cury blieb ruhig. »Es ist ein Wesen, General. «

»Vergessen Sie es! Auf keinen Fall werde ich dieses verdammte Ding 'ein Wesen' nennen. In meinen Augen ist und bleibt es nichts weiter als ein durchgedrehtes Gerät, das so schnell wie möglich beseitigt werden muss. «

Aixa warf dem jungen Offizier einen zweideutigen Blick zu. Als wolle sie sagen: »Sehen Sie? « Ein Blick, der dem General nicht entging.

»Hören Sie, Leutnant. Wenn Sie diesen Auftrag annehmen, gibt es vielleicht kein Zurück mehr. «

»Das weiß ich, General«, sagte Cury. Er verstand nicht, warum der General es für nötig hielt, dies an ihn weiterzugeben. »Darüber haben wir bereits gesprochen. Ich will meine Familie rächen. «

»Stimmt, das haben wir schon besprochen. Aber... Na ja, worauf lasse ich mich da eigentlich ein. Obwohl«, Misty Atherton spürte, dass ihre Gefühle im Weg waren, »nein, ich sage es trotzdem. Ich sehe eine Art Zuneigung zwischen euch, zwischen Aixa und dir, Fernand, die die Entscheidungen, die ihr auf eurem Weg treffen müsst, beeinflussen könnte. «

Aixa schaute schnell in eine andere Richtung. Fernand antwortete beleidigt. »Ich glaube nicht, dass meine Gefühle für irgendjemanden meine Leistung beeinträchtigen. Dafür bin ich zu professionell, General. Außerdem gibt es hier noch mehr Leute, die Beziehungen haben. Willst du sie alle von den Missionen ausschließen? Dann können wir auch gleich rausgehen und auf die Hunde von der TIA warten, die uns abholen. «

»Leutnant«, stand General Atherton auf. Sie hasste es, wenn Leute, die etwas mit ihr zu besprechen hatten, und vor allem, wenn sie mit ihr nicht einverstanden waren, auf sie herabblickten. »Ich weiß sehr wohl, dass es hier noch mehr Menschen gibt, die Beziehungen haben. Einige von ihnen haben geliebte Menschen verloren, genau wie Sie, aber keiner von ihnen hat, wie Sie, *seine ganze Familie auf einen Schlag* verloren. Das ist eine besonders tiefgreifende und traumatische Erfahrung, und ehrlich gesagt habe ich nicht den Eindruck, dass Sie diese Erfahrung bisher verarbeiten konnten. Soweit man so etwas überhaupt verarbeiten kann. «

Leutnant Cury sah sie wütend an. »Sie wollen mich also im Grunde gar nicht gehen lassen? Sie trauen mir nicht? «

Aixa fühlte sich zunehmend unbehaglich. Langsam versuchte sie, sich ein wenig weiter vom Tisch zu entfernen. Bevor sie die Chance dazu hatte, packte der General sie am Handgelenk und hielt sie auf.

»Ich denke, es ist wichtig, dass jeder die Fakten kennt, Leutnant. Aixa hat nur noch ihre Schwester. Der Rest ihrer Familie ist umgekommen. «

»Vielleicht nicht alle«, sagte Aixa zaghaft, ohne auch nur zu versuchen, sich aus dem Griff des Generals zu befreien.

»Ich will dir nicht jede Hoffnung nehmen, Liebes. Aber das wäre ja auch ein Wunder«, sagte Atherton. »Ich möchte Sie auf das Risiko hinweisen, dass der Leutnant bald eingehen wird. Er nimmt an einer gefährlichen Mission teil. Ich möchte, dass Sie beide das sehr gut verstehen. «

Aixa nickte, dass sie verstanden hatte.

»Ich komme zurück«, sagte Fernand und legte Aixa die Hand auf die Schulter. »Oder du kommst mit mir. « Atherton sah ihn verärgert an. »Und Sie, General, die Tatsache, dass Sie an *mir* zweifeln, bestätigt *meine* Zweifel an Ihnen. «

Misty Atherton war fassungslos. Das war nicht die Reaktion, die sie erwartet hatte. Auch Major Williamson konnte seine Überraschung nicht für sich behalten. »Leutnant! Sie sprechen mit Ihrem Vorgesetzten! «

Cury sah den Major grimmig an. »Major Williamson. Ich bin aus freien Stücken hier. Und ich bin dankbar, dass meine Männer und ich hierherkommen können. Deshalb sind wir auch bereit, etwas zurückzugeben. Aber der General muss wissen, dass sich die Welt verändert hat. Meine Männer und ich haben eine lange, gefährliche Reise hinter uns. Hier draußen, außerhalb des Pentwogon, ist jeder auf sich allein gestellt. Und man lebt von Tag zu Tag. «

»Das heißt aber nicht, dass Sie die Befehle Ihrer Vorgesetzten nicht befolgen müssen«, brummte Williamson.

Nun wandte sich Cury an Atherton. »Wir Militärs akzeptieren immer noch die alte Hierarchie, General. Aber Sie sind nicht mein General. Sie sind ein Offizier der US-Armee. Ich diene in der kanadischen Armee. Obwohl ich nicht weiß, wann Sie Ihren letzten Sold erhalten haben? Ich kann mich nicht einmal an das letzte Mal erinnern. Ich denke, wir sind uns einig, dass wir auf uns allein gestellt sind. Davon abgesehen, General... « Das letzte Wort sprach er absichtlich langsam. »Ich bin bereit, mit meinen Männern nach Rhyolite zu gehen und den ehemaligen Präsidenten der USA zu unterstützen und zu sichern. Das ist es, was ich tue, um Ihnen zu helfen. Aber«, er sah sich um, »trotz Ihrer großartigen Erfolgsbilanz und allem, was Sie erreicht haben, einschließlich dieser unterirdischen Basis, möchte ich nachdrücklich darauf hinweisen, dass Sie in meinen Augen noch nicht allzu lange im Einsatz sind. Ihre Entscheidungen beruhen auf Ihrem Wissen und Ihrer Erfahrung aus einer anderen Zeit. Aus der Zeit, bevor dieser Krieg begann. Und diese Entscheidungen, Herr General, sind nicht immer die besten. Manchmal sogar lebensbedrohlich! «

Nicht nur der General und Major Williamson waren sprachlos, alle Anwesenden in der Kantine hatten das Gespräch Wort für Wort mitverfolgen können und sahen nun zum ersten Mal, dass General Atherton keine Widerrede hatte.

»G-General«, begann Major Williamson. »Ich... ich denke, wir sollten jemand anderen auf diese Mission schicken. «

»Das gibt's doch nicht«, rief es aus dem hinteren Teil der Kantine. Eric Neill schob seinen Teller beiseite und stand langsam auf. »Wenn der Leutnant bereit ist, sein Leben zu riskieren, um sicherzustellen, dass Präsident Chestwright gesund und munter in Gespräche mit AILPHA eintreten kann. Dann können wir nur applaudieren. «

»A-aber«, stammelte Williamson. Er wollte seinen Vorgesetzten nicht abweisen. »Der General hat immer ... «

»Misty hat immer nach bestem Wissen und Gewissen gehandelt, Major. Aber, wie der Leutnant gerade sagte, diese Zeiten verlangen nach anderen Einsichten. Der Leutnant scheint mir mehr als fähig. Er ist der richtige Mann für diese Mission. «

»Vielleicht hast du Recht, Eric«, sagte Bradley Williamson. »Aber das kannst du nicht entscheiden! Du bist ein Zivilist, du gehörst nicht einmal zur Armee. Du hast keine Autorität! «

»Nein. Diese Entscheidung liegt also nicht bei mir. Oder bei dir oder Misty. Diese Entscheidung liegt beim Lieutenant«, sagte Eric sehr bestimmt. »Also. Was wird es sein, Leutnant? «

16

Aixa Muniz schnupperte an der Außenluft, strich ihr schwarzes Haar zurück und setzte sich eine alte, ausgefranste Baseballkappe auf. Sie spürte die Spannung. Aber auch das Adrenalin. »Ich war seit Monaten nicht mehr draußen«, sagte sie zu dem jungen Beamten neben ihr.

»Sie sind nicht der Einzige«, sagte Fernand Cury.

»Nein. Oh, warte... Du meinst... «

»Der General«, sagte Cury. Er ergriff die Hand von Aixa. »Ich muss zugeben, dass Pentwogon eine großartige Basis ist. Atherton hat hier ganze Arbeit geleistet. Sie hat hier einen Superbunker gebaut. Sicher für sie, ihre Männer und unzählige Flüchtlinge. Aber sicher nach Vorkriegsstandards. Sie war noch nicht allzu lange draußen, Aixa. Es fehlt ihr der Blick für die Realität. Weißt du, manchmal muss man gejagt werden, damit man wieder weiß, wie man jagt. «

»*Leftenant?* «

»Ronning? «, sagte Cury zu dem älteren und größeren Mann.

»Zeit zu gehen. « Er nickte Aixa zu. »Zeit, sich zu verabschieden. «

»Nun, Ronning. Das ist nicht nötig. Aixa kommt mit uns. «

»Wie bitte? « Ronning war nicht glücklich. »Jemanden ohne Erfahrung in den Außendienst zu nehmen? Schlechte Idee, *Leftenant*, schlechte Idee! «

Noch bevor Ronning begriff, was geschah, hatte sich Aixa auf ihn gestürzt, ihm die Waffe abgenommen und stand nun, mit Ronnings eigener Waffe auf ihn gerichtet, vor ihm.

»Ich dachte, du hättest sie trainieren sehen, Ronning. Sie und ihre Schwester sind Experten in MMA«, kicherte Cury. »Anscheinend bekommst du auch nicht alles mit, was um dich herum passiert? «

Aixas schenkte dem besiegten Mann ein entwaffnendes Lächeln. »Jedem seine Spezialität, Ronning. Und was ist deine? Abgesehen von der Herabwürdigung von Frauen?

»Transport«, sagte Ronning beleidigt. Er riss Aixa die Waffe aus der Hand. »Und genau das wollte ich sagen, *Leftenant*, der Transport ist bereit. «

»Was ist mit diesem *Leftenant*? «, fragte Aixa Fernand.

Bevor der Leutnant etwas sagen konnte, antwortete Eric Neill. »Britisches Englisch. Nur die Länder des ehemaligen Commonwealth sprechen *Leutnant* so aus. « Er ging noch einmal um das Fahrzeug herum, das er selbst entworfen und mit der Hilfe einiger Leute hier auf Pentwogon gebaut hatte. Seine Hand glitt liebevoll über die Motorhaube. »Leutnant kommt eigentlich aus dem Französischen. *Lieu* bedeutet Platz; *tenant* bedeutet halten. Und das ist es, was der Leutnant tut. Er hält den Platz für seinen Vorgesetzten. «

»Zufrieden? «, fragte Cury.

Aixa zuckte gleichgültig mit den Schultern. »Ich wollte nur wissen, woher diese seltsame Aussage kam. Aber jetzt weiß ich es. Ihr Kanadier seid ... «

»Ich habe mit Eric gesprochen«, sagte Cury und lachte.

»Ups, entschuldige«, kicherte Aixa.

Eric Neill überprüfte das Maschinengewehr auf der Ladefläche des schwarz lackierten Fahrzeugs. »Nein. «

»Nein? «, fragte Cury besorgt. »Ist es noch nicht fertig? «

»Leutnant«, sagte Eric. »Es ist das Beste, was wir in der kurzen Zeit herstellen konnten. Einer unserer drei Prototypen. Aber wenn Sie mich fragen, ob ich mit dem Ergebnis zufrieden bin? Nein. Es könnte besser sein. Aber im Moment werden Sie auf jeden Fall davon profitieren. « Er klopfte ein paar Mal an die Fahrertür. »Fahren Sie so oft wie möglich nachts. Stellen Sie den Homer tagsüber sicher ab... «

»Homer? «, fragte Cury. »Ja«, nickte Eric nach oben. »Du weißt, dass ich Brieftauben habe. Sie werden auch Homer genannt. Und das ist der Hauptzweck dieses Wagens. Dich sicher an dein Ziel zu bringen, aber vor allem, dich sicher wieder nach Hause zu bringen. Halten Sie es also tagsüber außer Sichtweite, aber im Sonnenlicht, damit sich die Solarzellen aufladen können. Dieses Auto ist geräuschlos und mit einer Karosserie ausgestattet, die von Radargeräten nicht erfasst wird.

»Stealth Technik? «, fragte Ronning.

»Ja, und das ist auch der größte Nachteil dieses Fahrzeugs«, sagte Eric.

»Das verstehe ich nicht«, sagte Cury. »Stealth ist doch gut, oder? «

»Leutnant, Stealth ist nicht mehr und nicht weniger, als ein Fahrzeug weniger leicht erkennbar zu machen. Das ist genau das, was wir getan haben. Wir haben den Chevrolet Colorado ZH2 als Vorbild genommen, zusätzliche Sitze eingebaut, ihn komplett verändert und verbessert. Unter anderem mit den neuesten Bordwaffen. Okay, das Neueste des Neuen, bevor AIWAR ausbrach. Wie auch immer, dieses Auto wird kaum von einem Radar wahrgenommen werden. Aber... die Technik ist nicht unfehlbar. Und es würde mich nicht wundern, wenn AILPHA... Wie auch immer. Lass uns nicht darüber nachdenken. «

»Du weißt wirklich, wie man jemanden beruhigt«, bemerkte Aixa.

»Junge Dame, diese Reise ist gefährlich«, sagte Eric. »Wie jede Reise, die Sie außerhalb der sicheren Umgebung des Pentwogon unternehmen, ist lebensgefährlich. Verstanden? «

»Beruhigen Sie sich, Eric«, sagte Cury. »Die Botschaft ist klar. In Ordnung, Männer! Seid ihr bereit? «

Ronning, Tanguay, Yzerman und Renney, vierstämmige Burschen, die zusammen mit Cury die lange beschwerliche Reise von Montreal in den Süden der USA unternommen hatten, bestätigten mit einem kurzen »Aye«.

Cury sah Aixa fragend an. »Bist du sicher? «

Aixa Muniz klopfte erst auf die Waffe im Holster an ihrem Gürtel, dann salutierte sie mit zwei Fingern an ihrer ausgefransten Baseballkappe. »Aye, *Leftenant*! «

17

Von seinem Versteck aus hatte Jager Thompson einen guten Blick auf die Library of Congress. Muniz hatte Recht. Das Gebäude war das einzige, das noch stolz in einer verlassenen und heruntergekommenen Ebene stand. Am Horizont waren Hochhäuser zu sehen. Wohngebiete von Überläufern. Menschen, die mit AILPHA kooperierten und im Gegenzug ihr altes Leben behalten durften. Soweit das möglich war, denn niemand in dieser Nachkriegswelt war ungeschoren davongekommen. Keine Familie, die nicht einen oder mehrere geliebte Menschen vermissen musste. Ihre Häuser waren erhalten geblieben, aber der Preis, den sie für ihr Überleben zahlten, war hoch und wurde mit Menschenleben bezahlt. Verräter schlafen nie, so lautet das Sprichwort. Dass diese Verräter oft aus der eigenen Familie stammten, wurde nie erwähnt.

Bei Tageslicht wagte Thompson kaum, sich zu rühren. Er hatte Angst, dass man ihn erwischen würde. Und ein zweites Mal würde er weniger Glück haben. Natürlich drückte er sich noch enger an den Boden, machte sich so klein wie möglich. Dort, in dem beeindruckenden Gebäude ihm gegenüber, wurde seine Tochter gefangen gehalten. Er war überrascht, dass Agent Muniz ihm zu Hilfe gekommen war. Zweifellos unter Einsatz ihres eigenen Lebens. Es gab noch tapfere Menschen. Er würde sich nicht als mutig bezeichnen. Wenn er es wäre, hätte er den beiden jungen Leuten vor dem Zaun des White House zu Hilfe geeilt. Andererseits hatte TIA-Agent Muniz ihm vielleicht geholfen, aber sie hatte nichts getan, um den anderen Agenten, Gauff, zu stoppen, als er die beiden Jugendlichen erschoss.

»Verdammt Juna, wie komme ich zu dir? «, fragte sich Thompson. »Und wenn ich einmal drin bin, komme ich dann jemals wieder raus? Mit dir? « Er schaute auf seine Uhr. Noch vier Stunden, dann würde die Sonne untergehen. Er schaute sich noch einmal um. Die Umgebung schien menschenleer zu sein. Sein Versteck schien sicher zu sein. Ein paar Stunden Ruhe konnte er gebrauchen. Danach würde er auf jeden Fall einen Weg finden müssen, um in das riesige Gebäude einzudringen.

*

»Opa? « Chester Broshanon ging neben seinem Großvater, dem ehemaligen Präsidenten Chris Chestwright, her.

»Ja, Junge? «, sagte Chris mit müder Stimme.

»Wie lange noch? «

»Ja, das ist enttäuschend, was? Ehrlich gesagt, die Reise ist länger, als ich dachte. Und mein Alter spielt mir auch langsam einen Streich. « Er wies auf einen Platz, an dem sie sich sicher ausruhen konnten. »Quade, lass uns eine Pause machen. «

Quade ahmte einen Vogelschrei nach. Etwa zweihundert Meter entfernt tauchte kurz darauf ein Mann auf, woraufhin Quade mit beiden Händen ein T bildete, um anzuzeigen, dass sie eine *Pause* machten.

»Was meinst du, wie lange wir laufen müssen, Quade? «, fragte Chris. Er hatte sich auf einen Stuhl gesetzt, den er in den Trümmern der Stadt gefunden hatte, durch die sie gingen. Er drückte seine Hand in seine linke Seite und versuchte, seinen

Rücken zu strecken. »Mmmpff«, stöhnte er. »Ich glaube, ich habe mich überschätzt. «

Angie Chestwright trat direkt neben ihn. »Dir geht es gut, nicht wahr, Dad? «

»Ja, Schätzchen. Es ist nur... Es ist anstrengend. Aber das ist es für jeden, nicht wahr? «

Angie setzte sich neben ihn auf den Boden. »Ja. Und je länger es andauert, desto schwerer wird es. «

»Hm? Reden wir immer noch von der gleichen Sache? «, fragte Chris. »Ich meine, diese Reise ist sehr anstrengend. «

»Ja. Das ist auch gut«, sagte Angie. »Aber ich meine, diese ganze Situation ist sehr ermüdend. Dieser Kampf gegen einen unsichtbaren Feind. «

Chris streichelte seiner Tochter durchs Haar. »Ich weiß, mein Schatz. Aber jetzt, wo du es erwähnst ... Quade? «

»Ja, Mister Präsident? «

»Angie hat gerade den unsichtbaren Feind erwähnt. Und jetzt, wo sie das sagt, fällt mir ein, dass wir seit Stunden niemanden mehr gesehen haben. Freund oder Feind. «

»Stimmt, Mister Präsident. «

»Hör einfach auf mit der Präsidentensache, Byron«, murmelte Chris. »Nenn mich einfach bei meinem Namen. «

»Nein, Mister Präsident. Sie haben es mit jemandem... etwas zu tun, das sich selbst als Führer dieser Welt bezeichnet. Aber Sie sind und werden immer der Präsident dieses Landes sein. «

»Okay, Byron«, sagte Chris, »was immer du willst. Aber Tatsache bleibt, dass wir niemanden gesehen haben. «

»Es gibt auch nicht mehr viele Menschen«, stellte Quade fest. »Der Krieg hat viele Tote gefordert. Und AILPHA hat sehr deutlich gemacht, dass er keine Menschen braucht. Die Zukunft liegt nicht in unserer Hand, Mister Präsident. «

»Was für ein deprimierender Blödsinn, Quade«, sagte Angie. »Wir haben das verdammte Ding aufgebaut, wir werden es auch wieder abreißen. Die Zukunft liegt in unserer Hand, Quade. Nicht an irgendeinem verdammten Gerät. « Sie sah, wie ihr Sohn sie ansah. »Tut mir leid, Liebling, ich habe im Moment keine anderen Worte dafür. «

Chester starrte kichernd in eine andere Richtung.

»Ma'am«, sagte Quade. »Ich würde gerne das Gleiche sagen. Oder dasselbe denken. Aber im Moment hat AILPHA gewonnen. Wenn wir Menschen jemals eine zweite Chance haben wollen, müssen wir zuerst einen Weg finden, mit AILPHA fertig zu werden. Und damit meine ich nicht die Art und Weise, wie es all diese Überläufer tun. Dem Feind nachgeben und sich wie ein Sklave verhalten. Sondern einfach, als unabhängige, freie Menschen. «

»Du hast schon zu lange mit Politikern zu tun, Quade«, bemerkte Chestwright lachend.

»Seltsamerweise, Mister Präsident, denke ich, dass die politische Lösung im Moment der einzige Weg ist, um eine Einigung zu erzielen. Kämpfen scheint aussichtslos. «

»Wenn du aufhörst zu kämpfen, hört dein Herz auf zu schlagen, Quade. Ein weiser Mann hat mir das einmal gesagt«, sagte Kalon Broshanon. Er stand ein paar Meter von der Gruppe entfernt, mit dem Rücken zu ihr. Er behielt die Umgebung genau im Auge, sein automatisches Gewehr in der rechten Hand.

»Ach ja, und wer ist dieser weise Mann überhaupt? «

Ohne sich umzudrehen, deutete Kalon mit dem Daumen über seine Schulter in Richtung des Präsidenten. »Der Mann, der Sie zweifellos gerade grinsend anstarrt«, sagte er.

Quade sah den alten Mann an, der ihn tatsächlich von seinem Stuhl aus angrinste. »Sie kennen Ihren Schwiegervater wohl besser als ich«, bemerkte Quade.

»Wir waren in letzter Zeit sehr aufeinander angewiesen«, sagte Kalon, während er sein Gewehr mit beiden Händen umklammerte. »Und um auf die Frage meines Schwiegervaters zurückzukommen. Ich sehe Menschen. «

»Scheiße«, sagte Quade. Er sah sich schnell um. »Mister Präsident, ich möchte, dass Sie sich dahinter verstecken, bis wir wissen, was diese Leute wollen. «

»Ob sie nun gut oder schlecht sind«, sagte Chester.

»Genau, Junge«, sagte Quade. Er benutzte ein Mini-Fernglas, um die Leute zu betrachten, die Kalon bemerkt hatte. Dann richtete er sein Fernglas auf die Stelle, an der sie Chad Greene zuletzt gesehen hatte. »Wo bist du? «, fragte er laut. Währenddessen nahm er die verlassene Stelle Meter für Meter in Augenschein. »Und wo ist Rosella? «

18

»Sind sie weg? « Der Ton, in dem General Misty Atherton die Frage stellte, war keineswegs freundlich.

»Ja, Schwester«, sagte Eric ruhig wie immer. Er sah sich am Tisch um. Es war so ziemlich die gleiche Besetzung wie an dem Tag, als Cury die Erlaubnis erhielt, den Präsidenten zu begleiten. »Ich habe ihnen nur nicht gesagt, dass das Nailpha eigentlich ein Prototyp ist. Einer der beiden Prototypen, die wir haben. «

»Nailpha? « Misty erkannte das Wort nicht.

»*Nagelt AILPHA fest*«, sagte Eric. »*Nail AILPHA*. Ich dachte, das wäre ein nettes Wortspiel. «

»Hmm. Richtig. Du meinst den Homer. Jetzt mal im Ernst, Eric. Wir haben ein großes Problem. «

»Erzähl, Schwesterherz. «

Misty lehnte sich schadenfroh zurück. »Hier im Pentwogon bin ich nur General Atherton, Eric. Heb dir dein Schwesterchen Gefasel für unsere Freizeit auf. «

»Freie Zeit? Ich kenne das Wort nicht mehr... «

»Gut«, seufzte der General. Sie griff nach der Zigarre in ihrer Brusttasche, holte sie aber nicht heraus. »Eric, wir müssen ihnen jemanden hinterherschicken. «

»Was, warum? «, fragte Eric.

Weil man diesem Cury nicht trauen kann«, sagte Oberst Ndidi.

»Und das sagt jemand aus einem der korruptesten Länder der Welt? «, sagte Eric wütend.

»Das war vorhin, Mister Neill«, sagte Oberst Ndidi. »Ich stimme dem General zu, dass wir jemanden nach Cury und seinem Team schicken sollten. «

»Misty«, sagte Eric. »Glaubst du nicht selbst, dass wir hier alle allmählich unter Verfolgungswahn leiden? Cury hatte recht. Wir müssen mehr nach draußen gehen. Spüren, was draußen vor sich geht. Hier in diesem isolierten Keller sind wir weit davon entfernt, alles zu hören. Cury und sein Team haben eine fast unmögliche Reise von Montreal bis hierher unternommen. Über 2.700 Kilometer, Misty. 2700 Kilometer, die schon in Friedenszeiten eine Tortur waren. Ich kann nichts anderes sagen, als dass ich die Ausdauer dieser jungen Männer sehr zu schätzen weiß.

»Eine lange Reise, Eric. Gott weiß, wen sie unterwegs alles getroffen haben. Seine Reaktion sprach Bände. «

»Wie denn? «

»Hast du nicht aufgepasst? Er erkennt keine Autorität an. Hält sich nicht an die Entscheidungen. «

»Entscheidungen, die du getroffen hast, Misty. Und du bist nicht sein Vorgesetzter. «

»Er hat sich bei uns angemeldet, also sollte er auch unsere Hierarchie anerkennen«, sagte Misty. »So oder so. Ich möchte, dass wir ein zweites Team hinter Cury herschicken. «

Eric schüttelte den Kopf. »Völlig nutzlos. Wir können jeden Mann hier gut gebrauchen. Und außerdem, wie willst du Cury einholen? Der Truck fährt ziemlich schnell. «

»Wir haben immer noch einen Prototyp, nicht wahr?«

»Sogar zwei. Aber, ernsthaft? Du willst einen zweiten Homer einsetzen? Dann haben wir hier fast nichts mehr, hm? Ist dir das klar?«

»Mir ist eigentlich nur eines klar, Eric. Wenn man Cury nicht trauen kann, ist der Präsident in Gefahr. Und das beunruhigt mich sehr, zumal wir weder den Präsidenten noch Quade erreichen können.«

Eric Neill setzte sich an den Konferenztisch. Er stützte die Ellbogen auf den Tisch und verbarg den Kopf in den Händen. »Paranoia und Misstrauen«, seufzte er. »Was ist aus uns geworden?«

»Das ganze angeblich nicht korrupte System der USA basiert auf Paranoia und Misstrauen«, sagte Oberst Ndidi.

Eric setzte sich aufrecht hin und wollte dem Oberst ein böses Grinsen zuwerfen.

»Schlag dir das aus dem Kopf, Eric!«, sagte Atherton, bevor er seine Gramm holen konnte. »Du und Oberst Ndidi werdet den zweiten Lastwagen vorbereiten. Der Oberst wird ein paar gute Männer mitnehmen und dieselbe Route nehmen, die Major Williamson mit Cury besprochen hat.«

»Wir haben mit allen drei Trucks Testfahrten gemacht. Sie sind also schon fertig, aber ich wiederhole, es sind Prototypen. Es könnte unerwartete Probleme geben.« Er wartete auf eine Reaktion. Aber es herrschte Schweigen am Tisch. »Gut. Ich werde Ihnen erklären, wie alles funktioniert, und dann werde ich meine Forschung fortsetzen«, sagte Eric. Er schob seinen Stuhl kräftig zurück. Er stand auf und wollte schon den Sitzungssaal verlassen.

»Moment mal«, rief Atherton. »Welche Untersuchung?«

Eric blieb stehen, drehte sich zu seiner Schwester um und sagte: »Wirklich? Du hast mir den Auftrag selbst gegeben. Schwesterchen...«

General Atherton dachte an das Gespräch mit ihrem Bruder zurück. »Oh. Sie meinen, der EMP?«

Bevor er den Raum verließ, sagte Eric: »Die EMP-Katastrophe, Misty. Die Katastrophe, deren Wiederholung wir verhindern wollen.«

19

»Wie viele Kilometer sind es eigentlich bis zu diesem Loch? «, fragte Yzerman. Er war nicht der größte, aber der breiteste der fünf Männer und der Frau auf dem Weg nach Rhyolite, Nevada, und saß deshalb fest eingekeilt zwischen den anderen Reisenden auf dem Rücksitz des umgebauten Chevys.

Cury, der bequem auf dem Beifahrersitz saß, zeigte die Papierkarte, die Williamson ihm gegeben hatte. »Etwa 2.800. «

»Das ist doch nicht dein Ernst! «, brummte Yzerman. »2800 Scheißkilometer, eingeklemmt zwischen diesen Mistkerlen? «

»Glaubst du, es gefällt uns? «, fragte der viel kleinere, zierlichere Tanguay. »Ich kann hier kaum atmen, Mann. «

»Diese Strecke ist sogar noch länger als unsere Reise von Montreal nach Louisiana«, beschwerte sich Renney. «

»Aber nicht weniger gefährlich, meine Damen«, sagte Ronning, der sich zum Fahrer ernannt hatte. »Wenn Sie also einen Moment Zeit haben? Würde es Ihnen etwas ausmachen, die Umgebung zu beobachten? «

»Dieses Auto hat Stealth-Technologie, richtig? «, sagte Yzerman.

»Ja, das tut er, aber er ist nicht unsichtbar, Arschloch«, sagte Ronning.

»Meine Güte«, sagte Aixa. »Es ist mir ein Rätsel, wie Sie lebend von Kanada in den Süden der USA gekommen sind. «

»Wandern, mein Lieber«, sagte Yzerman. »Ich habe mir dabei ein Paar Stiefel verschlissen. «

Leutnant Cury starrte auf seine Karte. »Wir werden durch Las Vegas kommen. Wenigstens etwas, worauf wir uns freuen können. «

»Wird etwas übrigbleiben? «, fragte Renney.

»Was meinst du? «, sagte Cury. »Diese verdammte KI braucht kein Geld. Also interessiert ihn das Glücksspiel nicht. «

»Was ist der erste Halt? «, fragte Tanguay. »Nur damit ich weiß, wann ich wieder normal atmen kann... «

»Dallas«, sagte Cury. »Zumindest werden wir weit vor Dallas anhalten und von dort aus eine Route planen, die uns an der Stadt vorbeiführt. «

»Oder wir halten hier an«, sagte Ronning.

»Warum? Wir sind erst seit einer Stunde unterwegs«, sagte Cury.

»Sehen Sie selbst«, sagte Ronning. Er ließ den Wagen abbremsen und zeigte auf den Straßenabschnitt vor ihm. Ein paar Dutzend Meter vom Auto entfernt war eine Barrikade errichtet worden. Asphaltplatten waren hoch aufgetürmt und bildeten eine Barrikade, die die Straße versperrte.

»Scheiße«, sagte Cury. »Siehst du jemanden? Sind da Leute? «

»Ich glaube nicht, dass wir das Risiko eingehen sollten«, sagte Ronning. Er lenkte den Homer von der Straße und wollte in einer weiten Kurve um die Barrikade herumfahren. Eine Granate, die direkt vor dem Auto explodierte, veranlasste ihn, seinen Plan aufzugeben. Mit Vollgas fuhr er zurück auf die Straße und fuhr in die Richtung zurück, aus der sie gerade gekommen waren.

»Was machst du da? «, rief Cury. »Wir können nicht mehr zurück! «

»Schauen Sie genau hinter sich«, rief Ronning. »Ich sehe mindestens drei Autos hinter uns auftauchen. «

»Und der Himmel? «, rief Yzerman. »Siehst du etwas am Himmel? «

»Ich schaue lieber noch eine Weile auf die Straße«, sagte Ronning. »Ich habe keine Zeit, den blauen Himmel zu genießen. «

»Nein, Arschloch. Siehst du Drohnen? «, fluchte Yzerman. »So eine Explosion erregt Aufmerksamkeit. «

Um den Verfolgern auszuweichen, ließ Ronning der Homer über die Straße schwingen. »Ich glaube nicht, dass Drohnen unsere Hauptsorge sind, Yzerman! «

»Wir müssen das Maschinengewehr benutzen«, sagte Aixa.

Yzerman blickte auf das schmale Fenster hinter ihm. »Ja. Und wie, glauben Sie, können wir es erreichen? «, fragte er. »Jeder von uns ist zu groß, um durch das Fenster zu klettern. Obwohl, Tanguay könnte ... «

»Lass mich«, sagte Alexa. »Ich habe Neill geholfen, es zu bauen. Ich weiß, wie man die Bordkanone bedient. «

»Was? «, rief Cury. »Nein, Aixa, nein! «

»Yzerman, blase das Fenster raus«, sagte Aixa.

Steven Yzerman zögerte einen Moment lang. Der Leutnant sagte nein. Seine Freundin wollte etwas anderes. Eine Kugel, die in die Kabine eindrang und knapp an seinem Kopf vorbeiflog, ließ ihn schnell entscheiden. »Okay«, sagte er. Mit einem kräftigen Stoß seines Ellbogens schlug er die Heckscheibe aus dem Falz.

»Danke«, sagte Aixa. Sie versuchte, durch das zerbrochene Fenster hinauszuklettern. Sie musste sich durch das Schwanken des Wagens an Tanguay und Yzerman festhalten, trat Renney in den Schritt, schaffte es aber schließlich, aus der Kabine zu klettern und hinter das Maschinengewehr zu gelangen. Sie befestigte die Gurte, so dass sie fest dahinter saß, und ließ die automatische Waffe ihre Arbeit tun. »Macht schon, ihr Motherfuckers! « schrie sie.

Die ersten Kugeln flogen ziellos an den Autos vorbei, die sie verfolgten. Sobald Aixa die Kontrolle über das Maschinengewehr hatte, konnte sie gezielt schießen. Das Auto, das ihr am nächsten war, war ihr erstes Ziel. Sie zielte auf den Fahrer und feuerte eine Salve auf ihn ab. »*Gotcha!* « rief sie, als der Fahrer von den Kugeln getroffen wurde, das Lenkrad losließ und das Auto sich überschlug.

Die Männer buhten ihr zu. »Noch zwei zum Schluss, Baby! « brüllte Ronning.

»Nun, mein Schatz, hey«, sagte Cury.

Aixa hörte sie nicht. Sie hatte es noch mit zwei Zielen zu tun.

Von der Salve aufgeschreckt, gerieten nun auch die beiden anderen Wagen ins Schwanken, so dass Aixa kaum noch auf sie zielen konnte. Ihre Kugeln verfehlten immer wieder das Ziel.

Yzerman drehte sich um. Er sah, dass die Munition schnell zur Neige ging. »Aixa! «, rief er. »In die Mitte! Zielt auf den Mittelpunkt! «

»Was? «, rief Aixa. »Ich verstehe dich nicht.

»Sie schwingen, kommen aber immer wieder auf einen Punkt zurück. Dorthin muss man zielen. «

»Oh. Na gut. Ich glaube, ich habe Sie verstanden«, rief Aixa. Sie richtete ihre Aufmerksamkeit zuerst auf den linken Wagen. Yzerman hatte Recht: Das Auto schwankte stark hin und her, folgte aber einem festen Muster. Sie zielte auf die Mitte des Weges, den das schwankende Auto nahm. Sie wartete, bis das Auto den äußersten Punkt der Pendelbewegung erreicht hatte, und schoss dann auf die Mitte des Weges des Verfolgers. Bevor der Fahrer merkte, dass er sein Auto in das Sperrfeuer der Kugeln schickte, war es zu spät. Der Wagen wurde durchlöchert und kam stotternd zum Stehen. Aixa gönnte dem letzten Verfolger keine Pause, sondern wiederholte ihre Aktion. Obwohl der Wagen rechts deutlich mehr auswich, konnte sie bald den Mittelpunkt seiner Flugbahn berechnen und begann, ihn zu beschießen. »Ronning! Langsamer! «

Petey Ronning konnte sie kaum hören, aber die anderen Männer wiederholten schreiend Aixas Kommando. »Ja, ja«, rief er und wurde ein wenig langsamer.

Aixa wurde heftig hin und her geschüttelt. Sie hatte Mühe, das Maschinengewehr zu kontrollieren, war aber entschlossen. Sie kannte das Muster des schwankenden Autos, zielte auf den Mittelpunkt und traf die Vorderreifen. Der Fahrer des angeschlagenen Autos konnte sein Fahrzeug nicht mehr kontrollieren. Der Wagen überschlug sich, landete auf der Seite und schlitterte viele Meter über den Asphalt, wobei das Metall einen spektakulären Funkenregen erzeugte.

»Wir haben sie! «, rief Aixa vor lauter Freude. »Wir haben sie! «

»Ronning«, sagte Cury. »Zurück. Wir müssen uns die Typen aus dem letzten Wagen schnappen und sie anhören. «

»*Roger!* Männer, haltet euch fest«, rief Ronning, bremste leicht ab, machte eine scharfe Kurve und fuhr mit voller Kraft auf das umgestürzte Auto zu. »Macht euch bereit! « rief er, bevor er mit voller Wucht auf die Bremse trat. Der Homer rutschte noch ein paar Meter weiter, bevor er fast an dem umgestürzten Auto zum Stehen kam. Die Türen wurden aufgerissen und die fünf Männer rannten heraus, umringten das Auto und suchten nach Überlebenden. »Frei! « rief Renney an der Spitze.

»Frei! « rief Tanguay von der Stelle, die bis vor kurzem noch das Dach des Wagens war.

»Ein Mann lebt«, rief Yzerman aus dem hinteren Teil des Wagens.

Cury warf wieder einen schnellen Blick auf Aixa. »Geh vor«, rief sie von ihrer Position hinter dem Maschinengewehr.

»Wie geht es ihm? «, rief Cury. »Kann er noch etwas sagen? «

Yzerman kniete neben dem schwer verletzten Mann. »Kaum verständlich«, sagte er. »Er brabbelt irgendwas von Ndidi. «

»Ndidi? «, sagte Leutnant Cury. »Oberst Ndidi? Aber ... aber, das ist ... das ist einer von Athertons Vertrauten! «

»Fer! « rief Aixa aus dem Homer. »Fernand! «

»Ja? «

»Wir bekommen Besuch. «

Fernand Cury blickte zurück. Die Straße war leer. Aber oberhalb der Straße sah er, was Aixa vorhin bemerkt hatte. Ein Schwarm von Minidrohnen. »Oh Scheiße... «

20

Langley, Virginia

Das Logo war in der Halle des ehemaligen CIA-Hauptquartiers noch sichtbar. Gauff und Muniz nahmen es nicht einmal mehr wahr, ebenso wenig wie die anderen Schäden in und um das Gebäude. Ohne nachzudenken, gingen sie darüber hinweg. Seit AILPHA das Sagen hatte, war dieses Gebäude das Hauptquartier der Terrorist Intelligence Agency gewesen. Die beiden Offiziere kamen, um sich für eine Nachbesprechung zu melden.

»Agent Gauff! « hallte es durch den Flur.

Gauff drehte sich um und sah, wie General Leihrt ihm von der anderen Seite des Flurs zuwinkte, näher zu kommen. Dacia Muniz wollte mitgehen, aber Leihrt machte ihr sofort klar, dass das nicht die Absicht war. »Nur Gauff. Du gehst zur Nachbesprechung, Muniz! «

»Oh... Okay«, stammelte Muniz. »Warum? «

»Keine Fragen, Muniz«, sagte der kleine General. Er packte Gauff an der Schulter und zog den Offizier mit in sein Büro. »Hinein! «, sagte er. Für Gauff klang das wie ein Befehl, also ging er gehorsam hinein. »Sitz! «, knurrte Leihrt.

»Sir? «, sagte Gauff, als er dem General gegenübersaß.

Leihrt sackte ein wenig zusammen. »Das hast du gut gemacht, Gauff. Gestern. Wir haben zwar nicht das Ergebnis erzielt, das wir uns erhofft hatten, aber AILPHA war trotzdem zufrieden. Die Daten auf dem Backup-Server waren sehr aussagekräftig. Der Fall war natürlich ein Rückschlag, aber die Tatsache, dass es keinen Stoppcode oder Totmannknopf gibt, ist für AILPHA viel wert. «

»Freut mich zu hören, General. «

General Leihrt sackte noch weiter in sich zusammen, stützte den Ellbogen auf die Armlehne und legte den Kopf auf die Hand. »AILPHA sieht etwas in Ihnen. «

»Sir? «, sagte Gauff freudig überrascht.

»Ja. AILPHA und ich auch. Es gibt Möglichkeiten, Gauff. Möglichkeiten für dich, höher zu steigen. «

Gauff setzte sich ein wenig aufrechter hin. »Ich bin bereit«, sagte er fröhlich.

»Das glaube ich, Gauff. Aber um den nächsten Schritt zu machen, musst du noch eine Sache tun. «

»Sicher«, sagte Wachtmeister Gauff. Er war bereit, alles zu tun, um aufzusteigen. Er würde diese Gelegenheit mit beiden Händen ergreifen. »Sagen Sie es, Sir. Ich werde alles tun. «

»Alles? «, fragte Leihrt. »Wirklich *alles*? «

»Natürlich«, sagte Gauff. »Alles für die Mannschaft. «

»Gut zu hören«, sagte Leihrt. »Gut. Dann werde ich Ihnen erklären, was von Ihnen erwartet wird«.

*

Dacia Muniz war allein weitergelaufen und befand sich nun allein in einem kleinen Raum, in dem ein Beamter sie befragen würde. Sie schaute auf ihre Uhr. »Mist, schon fast zehn Minuten«, seufzte sie.

Hinter ihr öffnete sich langsam die Tür. Sie drehte sich um, in der Erwartung, einen Offizier zu sehen. »Gauff? Du kommst ja noch rechtzeitig. Es ist noch niemand gekommen. «

»Nein? «, sagte Gauff nervös.

Muniz starrte ihn an. »Was ist los? Du bist ... anders? «

»Ja...? Ähm, ja. Wir können. Muniz... Wir müssen etwas ansehen. «

Dacia wusste nicht, was sie davon halten sollte. Der sonst so ruhige Gauff war, zumindest für seinen Teil, sehr nervös. »Ist das Gespräch mit dem General nicht gut verlaufen? «

»Mit Leihrt? Jepp. Gut. Schönes Gespräch... «

»Nun, Sie machen auf mich einen anderen Eindruck. Wie auch immer. Was sollen wir uns ansehen? «

Gauff ging zu der Wand hinter dem Schreibtisch. Er tippte auf den Videobildschirm. »Wenn alles gut geht, startet das Video von selbst«, sagte er. Er setzte sich auf die Spitze des Schreibtisches. Mit dem Rücken zum Bildschirm.

»Solltest du nicht zusehen? «, fragte Muniz.

»Ja«, sagte Gauff und setzte sich leicht schräg hin, so dass er sowohl den Bildschirm als auch Muniz sehen konnte.

Dacia lachte nervös: »Ich werde ein bisschen nervös bei dir, Gauff. «

»Von mir? Gibt es denn einen Grund dafür? «

Dacia wunderte sich über seine Reaktion. »Ehrlich gesagt, finde ich Ihr ganzes Verhalten ein wenig seltsam. Was in aller Welt hat Leihrt Ihnen erzählt? «

Gauff zuckte mit den Schultern. »Nichts Besonderes. Sehen Sie sich einfach das Video an. «

»Es gibt noch wenig zu sehen, Gauff. Der Bildschirm ist immer noch schwarz, vielleicht solltest du einfach...«

>> Agent Muniz. Das folgende Filmmaterial wurde letzte Nacht aufgenommen. << AILPHAs Stimme ertönte aus den Lautsprechern an der Decke.

Muniz war von der Stimme erschrocken. Nicht nur, weil sie dies nicht erwartet hatte. Sondern vor allem, weil sie sofort verstand, was jetzt passieren würde. Auf dem Videobildschirm waren Bilder des Swimmingpools im White House zu sehen. Dacia brauchte nicht einmal hinzusehen, um zu wissen, was gezeigt wurde.

>> Haben Sie eine Erklärung dafür, was Sie dort tun? << fragte AILPHA.

Gauff kratzte sich an der Stirn. Er hatte das Filmmaterial noch nicht gesehen. Er wusste auch nicht, dass sein Kollege in jener Nacht nicht mit ihm und den anderen Beamten vor der Explosion geflohen war. Das Filmmaterial ließ keinen Zweifel aufkommen. Agent Muniz stand am Rande des Schwimmbeckens und unterhielt sich mit dem Mann, der von Leihrt in das Becken gestoßen und dort dem Tod überlassen worden war. Bevor sie ging, warf sie etwas in den Pool. Der Mann im Schwimmbecken hob es auf und löste seine Handschellen. »Scheiße«, sagte Gauff.

Dacia Muniz saß wie versteinert auf ihrem Stuhl.

>> Agent Muniz? Ich wiederhole. Haben Sie eine akzeptable Erklärung für Ihr Handeln? << wiederholte AILPHA.

Muniz war still.

»Jesus Muniz, was hast du getan? «, fragte Gauff.

Auch Dacia sagte nichts zu ihrem Kollegen.

>> Agent Muniz. Aufgrund dieser Bilder und Ihres Versäumnisses, sich zu erklären, kann ich nur zu dem Schluss kommen, dass Sie mit Terroristen zusammenarbeiten. << Dacia schloss ihre Augen. **>> Sie kennen die Konsequenzen... <<**

»Oh Muniz, Muniz ... Warum? «, fragte sich Gauff laut.

>> Kapitän Gauff. Eliminieren, << sagte AILPHA. Der Bildschirm an der Wand wurde schwarz. Die Lautsprecher an der Decke verstummten.

»Kapitän? «, fragte Dacia.

Gauff nickte. »Ja, Muniz. Die Möglichkeiten sind endlos. Das wissen Sie. Aber nach dem, was Sie getan haben ... « Er schüttelte den Kopf und stand auf.

»Du musst das nicht tun, Gauff«, sagte Muniz, als sie ihn mit großen Augen ansah.

Gauff schüttelte verneinend den Kopf und stellte sich hinter sie. »Was machen Sie mit mir, Muniz? Das habe ich nicht erwartet. Nicht von Ihnen. Schon gar nicht von Ihnen ... «

21

»Ist die kacke am Dampfen? Quade? « Präsident Chestwright war hinter der Mauer eines teilweise eingestürzten Hauses versteckt. Seine Tochter und sein Enkel saßen neben ihm.

»Schwer zu sagen, Mister Präsident«, sagte Quade. Mit seinem Fernglas behielt er die sich nähernden Menschen im Auge. »Kalon. Da! « Der ehemalige Leiter der Präsidialsicherheit fühlte sich in seinem Element. Er wies Kalon auf eine Stelle, von der aus er die Fremden mit vorgehaltener Waffe ergreifen konnte. Dann rief er den beiden Männern zu, die während der ganzen Fahrt hinter ihnen hergelaufen waren. »Hammington, Sabitzer, ich will euch dort haben«, sagte Quade. Er wies die beiden Männer auf einen höher gelegenen Platz und ging dann selbst in Deckung.

»Offensichtlich trauen Sie ihnen nicht«, sagte Chestwright. »Wie viele sind es? «

»Ich habe mindestens zehn gezählt«, sagte er.

»Hmm, das ist noch machbar«, sagte Chestwright. »Wir sind hier sieben, wenn man Chester mitzählt, und darüber hinaus sind Rosella und Greene. Das ist fast Mann gegen Mann. «

»Sie sind besser still, Mister Präsident. Ich möchte nicht riskieren, dass Sie jemand hören kann. Übrigens habe ich gesagt, dass ich mindestens zehn von ihnen gesehen habe, also gehe ich davon aus, dass da unten genauso viele für uns unsichtbar warten. «

»Scheiße«, sagte Chestwright. »Dann werden es zwei gegen einen sein. «

Ein Schuss ertönte. Gefolgt von einem Stöhnen und einem Fluch. Unmittelbar danach ertönten Dutzende von Schüssen. Quade schnappte sich sein Mini-Fernglas und studierte das Geschehen am Fuße des Hügels. »Amateure«, sagte er. »Können nicht einmal mit einer Waffe umgehen. « Er richtete seine Waffe auf das Gebüsch neben ihm. »Kommt heraus«, sagte er. »Ich habe dich schon längst gehört. «

»Du hast ein gutes Gehör, Quade«, sagte Rosella Bowechop.

»Bist du hier? « Quade senkte seine Waffe und lauschte aufmerksam auf die Schüsse am Fuße des Hügels. Die Schüsse gingen unvermindert weiter. »Aber Greene ist noch da? «

Rosella lachte. »Wenn du das schon glaubst, dann glauben die das bestimmt auch. «

»Was meinst du? «

»Chad und ich haben zu Hause einige Tonaufnahmen von Schießereien gemacht. Diese haben wir auf eine Lautsprecherbox hochgeladen, an die wir einen Timer und einen Blitz angeschlossen haben. Was diese KI kann, können wir auch. Wir haben ein paar dieser Lautsprecherboxen an verschiedenen Stellen dort unten aufgestellt; alle zwei Minuten werden ein paar Schüsse abgefeuert, begleitet von ein paar schönen Blitzen. Offensichtlich kommen sie an, das wird sie eine Weile beschäftigen. «

»Hast du gesehen, wer sie sind? «

»Gewöhnliche Wegelagerer«, sagte Rosella. »Wahrscheinlich verzweifelte Zivilisten. Wenigstens können sie nicht schießen. Und ehrlich gesagt, kann man es ihnen nicht einmal verübeln. Heutzutage ist jeder auf sich allein gestellt. «

»Vielleicht nicht. Aber ich denke, jeder sollte sich gegen AILPHA wehren. Nur gemeinsam können wir es mit ihm aufnehmen. «

»Netter Gedanke, Quade. Schlag ihn dir bald aus dem Kopf, denn er wird nie Wirklichkeit werden. «

»Hmm. Und dein Freund Greene? Wo ist er? «

»Der da hat einen anderen Weg gefunden, so dass wir ohne Probleme in einem Bogen um diese Schurken herumgehen können. Ich bin gekommen, um euch den Weg zu zeigen. «

»Wirklich? «, sagte Quade. »Dieser Greene ist wirklich gut, was? «

»Auf jeden Fall«, sagte Rosella. »Wirst du die anderen warnen? Ich gehe voran. «

*

Jager Thompson hatte bis zur Abenddämmerung gewartet. Er hatte versucht, ein wenig zu schlafen, war aber mehr vor Nervosität als vor Schlaf wach gewesen. Seufzend rieb er sich den Schlaf aus den Augen und betrachtete erneut die Library of Congress. Das Gebäude, in dem nach Aussage des Beamten, der ihm die Schlüssel für die Handschellen zugeworfen hatte, seine Tochter festgehalten wurde.

Er nahm sich Zeit, um die Umgebung in sich aufzunehmen, und war erstaunt, wie schnell sich die Natur die Stadt angeeignet hatte. Fast alles im weiten Umkreis war beschädigt und von Unkraut überwuchert. Baumwurzeln hatten den Asphalt hochgedrückt und ihn aufgerissen. Die Bibliothek war eines der letzten noch intakten Gebäude. Und das nicht ohne Grund: AILPHA wollte alle auf Papier gespeicherten Informationen digitalisieren, damit er sie speichern und nutzen konnte. »Mein Gott, was für ein großes Gebäude«, seufzte er. Der Mut sank ihm in die Schuhe. »Wie zum Teufel kann ich dich dort finden, Juna? Wenn ich überhaupt reinkomme? «

22

Misty Atherton stand vor einem großen Tisch, auf dem aufgeklappte Stabskarten ausgebreitet waren. Hier und da waren farbige Fähnchen in die Karten gepinnt worden, um anzuzeigen, wo sich Koalitionspartner befanden. Mögliche Koalitionspartner, denn niemand wusste mit Sicherheit, ob die betreffenden Widerstandskämpfer noch an der Schlacht teilnahmen oder ob sie sich, des scheinbar unbesiegbaren Kampfes überdrüssig, doch AILPHA angeschlossen hatten.

Oder von AILPHA eliminiert.

Jetzt, da AILPHA die Kontrolle über alle Informationen hatte, war das Informationszeitalter für die Menschen zu einem abrupten Ende gekommen. »Was für ein kolossales Durcheinander«, wetterte der General. »Im Zweiten Weltkrieg hatten sie sogar bessere Informationen als wir jetzt! «

»Und Telefone«, ergänzte Major Williamson.

»Und Video. Und Satellitenbilder, alles, was Sie wollen«, sagte Misty. »Wir hatten alles. Alles! Wie konnten wir uns das alles von dieser verdammten KI wegnehmen lassen? «

»Indem Sie ihn selbst ausbilde, Schwester«, sagte Eric. »Indem Sie ihm in ein paar Jahren alles beibringe, wofür wir Jahrhunderte gebraucht haben. «

»Ja, das weiß ich jetzt, Eric. Aber, wie ich dir schon tausendmal gesagt habe, war das *nicht* meine Idee! «

»Nein? «, sagte Eric mit einem Stirnrunzeln im Gesicht. »Du fandest die Nebensächlichkeiten sonst recht unterhaltsam. All die neuen Waffen und so? «

»Ist schon gut, Eric. Du hast deinen Willen. Und jetzt sag mir. Wo ist dieser verdammte Homer? «

»Woher soll ich das wissen? «

»GPS oder so? «, brummte Misty.

»GPS? Sind Sie verrückt geworden? Hätten wir ein GPS in diese Homer eingebaut, hätte AILPHA sie erwischt, bevor sie von hier verschwunden wären. « General Atherton seufzte lauter und lauter. »In Ordnung, Misty. Zum Draht damit. Was ist denn los? Weil du noch reizbarer bist als ... « Er beschloss, seinen Satz nicht zu beenden.

»Mehr als normal? «, fragte seine Halbschwester. »Sag es mir einfach. «

Williamson ging auf Eric zu. »Sie hat gerade schlechte Nachrichten erhalten. «

»Von wem? Meine Tauben sind alle da«, sagte Eric. »Wie kann sie dann eine andere Nachricht bekommen haben? Oh, Moment. Noch eine B-Mail? «

»Ja. Einer unserer Undercover-Agenten bei der TIA hat die Informationen weitergegeben«, sagte er.

»Wer? «

»Das kann ich dir nicht sagen, Eric. «

»Mein Gott, Brad. Wir kennen uns von damals, als wir ... noch so ... « Eric hielt seine Hand etwa kniehoch.

William Bradley rührte sich nicht.

»Okay, dann nicht«, sagte Eric enttäuscht. »Aber diese Nachricht? Was ist denn da los? «

»Agent Muniz wurde eliminiert«, sagte Williamson in einem kühlen Ton.

»Was, Dacia? Das kann doch nicht dein Ernst sein! « Jetzt war auch Eric betroffen. »Ich habe es dir gesagt. Wir hätten sie da rausholen sollen, solange wir noch konnten. Verdammt! «, fluchte er und schlug mit der Faust hart auf den Tisch, bevor er sich schnell die schmerzende Hand rieb. »Und jetzt? Weiß Aixa es schon? Nein, natürlich nicht. Sie ist auf dem Weg. Dumm«, sagte er mehr zu sich selbst als zu irgendjemand anderem im Personalraum. Er verweilte vor dem Tisch mit den Stabskarten. Die Anzahl der Fahnen war nicht besonders groß. Außerdem waren sie weit voneinander entfernt. »Wir werden es nicht schaffen«, sagte er. »Und jetzt sieh dir diese erbärmliche Auslage an. Eine kleine Fahne hier und eine dort ... « Er tippte mit dem Zeigefinger gleichmütig gegen die Fähnchen. »So weit auseinander, wie sollen wir damit jemals eine Faust machen? Wir können ja noch nicht einmal ein Scheißhaus angreifen! «

»Deshalb ist es so wichtig, dass Chestwright seine Arbeit machen kann, Eric«, sagte Williamson. Er hatte sich neben Eric gestellt und die umgestürzten Fahnen wieder auf die Karte gelegt. »Denn offen gesagt, weiß ich auch nicht, wie wir diesen Krieg jemals zu unseren Gunsten entscheiden können.

23

Leutnant Fernand Cury stand mitten auf der Straße. Hinter ihm befand sich das umgestürzte Auto der Leute, deren wilde Verfolgungsjagd tödlich endete. Weiter vorne standen zwei weitere rauchende Autowracks. Alle diese Autos hatten Menschen an Bord. Aber das hier... Er stand wie versteinert da und beobachtete den Schwarm von Drohnen, der bedrohlich in seine Richtung schwirrte.

»Fer! Fernand! « rief Petey Ronning. »Cover, finde Cover! «

Cury hörte ihn, blieb aber totenstill.

»Gottverrr... «, schrie Ronning. Er rannte noch schneller, schnappte nach Luft und ließ sich auf den Leutnant fallen. Gemeinsam rollten sie über den kaputten Asphalt in den dicht bewachsenen Graben neben der Straße, wo Steven Yzerman bereits bereit war, die Drohnen aus dem Himmel zu schießen. »Worauf hast du gewartet? «, schrie Yzerman. »Du hast da gestanden wie eine perfekte Zielscheibe! «

»Warte«, sagte Cury, der sich wieder aufrappelte und sich aus Ronnings Griff befreite. »Schießen Sie noch nicht! «

»Was, warum nicht? «, sagte Yzerman. »Entweder sie oder wir, was? «

»Er ist verrückt«, sagte Ronning. Er rappelte sich bereits auf, hielt seine Waffe in der Hand und suchte nach einer guten Position, von der aus er die beste Sicht hatte, um die sich schnell nähernden Drohnen abzuschießen.

»Wartet! Warte auf Aixa«, sagte Cury.

Ronning und Yzerman warfen einen flüchtigen Blick auf den Homer. Der umgebaute Chevy stand immer noch mitten auf der Straße mit Aixa hinter dem Maschinengewehr.

»Das wird sie nicht schaffen, Fer«, sagte Ronning mit verbissener Miene. »Nicht aus eigener Kraft. « Er deutete auf die herannahenden Drohnen. »Und wenn wir nicht bald eingreifen, wird sie nicht überleben. « *Wenn sie überhaupt überleben kann,* dachte er. Aber er wagte nicht, das dem Leutnant gegenüber laut auszusprechen. Er zielte mit seiner Waffe auf die ersten Drohnen, die in Reichweite kamen, wurde aber von dem Maschinengewehrsalve niedergestreckt.

Auf der Rückseite des Homers hatte Aixa den Spaß ihres Lebens. Mit äußerster Präzision gelang es ihr, eine Drohne nach der anderen scheinbar mühelos vom Himmel zu schießen.

»Wow, das ist ein streitbares Miststück, Fer! «, sagte Ronning. Er sah zu, wie sich der Drohnenschwarm auflöste. Sah zu, wie die Drohnen wie Tontauben aus dem Himmel geschossen wurden, ohne dass er sich anstrengen musste.

Innerhalb weniger Minuten hatte Aixa Muniz alle Drohnen in Stücke geschossen. Bei jedem Treffer explodierten die Granaten an Bord der Drohnen. Große Lichtblitze und donnernde Explosionen erfüllten die Abenddämmerung. Bis auch die letzte Drohne von Aixa getroffen wurde. »Frei! « rief sie, fast enttäuscht darüber, dass es nichts mehr gab, worauf sie hätte schießen können.

Curys Männer krabbelten aus dem Graben. Sie klopften die Reste von Unkraut ab und liefen auf die Reste der zerschossenen Drohnen zu. Cury tat es nicht. Dieser rannte zuerst zu seiner Geliebten. Steven Yzerman kickte aus Übermut ein paar Teile der Drohnen weg. Als er zum Homer zurückblickte, sah er das verliebte Paar.

»Okay, Jugendliche. Ich will das aufkeimende Glück nicht stören, aber wir haben immer noch ein Problem«, sagte Yzerman. Er deutete auf die Drohnenstücke, die auf der Straße verstreut lagen. »Vielleicht ein sehr großes Problem. Denn trotz all der Tarnkappentechnik, die Eric Neill für den Homer eingesetzt hat, hat AILPHA uns immer noch aufgespürt. Wir müssen von hier verschwinden. «

»Das sind keine AILPHA-Drohnen«, sagte Cury.

Ronning und Yzerman waren verblüfft. »Keine KI-Drohnen? «, sagte Yzerman. »Wie kommst du darauf? Und wenn AILPHA diese Drohnen nicht hinter uns hergeschickt hat? Wer zum Teufel hat dann Zugang zu dieser Art von Technologie? «

»Sehen Sie sich die Trümmer genau an«, sagte Cury. »Ich habe es gesehen, als sie hereingeflogen kamen. Deshalb habe ich einen Moment angehalten. Das sind nicht die Drohnen, die AILPHA herstellt. Das sind billige Hobby-Dinger, die man früher in jedem Supermarkt für eine Kleinigkeit kaufen konnte. Nein, das sind definitiv keine KI-Drohnen. Dieses Zeug hätte jeder Verrückte aus Geschäften oder einem Lagerhaus plündern können. « Er ließ Aixa los und wandte sich dem umgekippten Pick-up zu. »Lass uns zuerst den letzten Überlebenden unserer Verfolger von der Straße kratzen. Wenn uns jemand schnelle Antworten geben kann, dann er. «

»Sparen Sie sich den Atem«, rief Tanguay. »Ich habe gerade nachgesehen. Er ist schon tot. «

»Scheiße«, sagte Cury. »Wie sollen wir dann sicher sein, dass er die Wahrheit gesagt hat? Dass Ndidi dahintersteckt? «

»Vielleicht nur eine Räuberbande? «, sagte Ronning.

»Konntest du sie dir genau ansehen, Petey? «, fragte Tanguay. »Diese Waffen? Die gehören nicht irgendwelchen Zivilisten, die versuchen, den harten Kerl zu spielen. Diese

Typen sind von der Armee. « Er beugte sich zwischen die Leichen des umgestürzten Lastwagens. Er warf die Waffen heraus. »Nehmen Sie alles Brauchbare mit, Leutnant? «

Cury hatte bereits darüber nachgedacht. »Nein. «

»Hm? « Tanguay streckte überrascht den Kopf heraus. »Warum nicht? «

»Nein. Wir müssen gehen. Und zwar schnell. «

»Das habe ich gerade gesagt«, sagte Yzerman, »aber dann hast du gedacht... «

»Nein, Yzerman. Sie dachten, AILPHA hätte uns aufgespürt und diese Drohnen hinter uns hergeschickt. Nun, nach all den Explosionen wird das mit Sicherheit der Fall sein. Also müssen wir sowieso schnell von hier verschwinden. Aber diese Männer«, Cury beugte sich hinunter und zupfte am Ärmel eines der Insassen, »sehen Sie sich ihre Uniformen genau an. «

»Was ist damit? «, fragte Ronning. Er hatte ohnehin schnell ein paar Waffen geholt und legte sie nun in den Homer.

»Oberst Ndidi«, sagte Cury. »Diese Männer gehören eindeutig zu Ndidi. «

Aixa hatte alles mit angehört und lehnte sich gegen den Homer. »Glaubst du, dass er ein Überläufer ist? Dass er in den Diensten von AILPHA arbeitet? «

Cury setzte sich in den Homer. »Nein, das glaube ich nicht. Wenn das der Fall wäre, hätte AILPHA Pentwogon schon längst entdeckt und vernichtet. «

»Scheint mir auch so«, brummte Ronning, als er den Homer startete.

»Nein«, sagte Cury. »Ich glaube, dass er eine eigene Streitmacht aufgebaut hat. Dass er versucht, selbst die Macht zu ergreifen. «

»Welche Macht? «, kicherte Ronning. »Die Macht über Menschen? Denn Macht über AILPHA wird er nicht bekommen. «

»Unbegreiflich«, sagte Renney, der als letzter wieder an Bord ging. »Gerade wenn wir zusammenarbeiten sollten, verfolgt dieser Mistkerl seine eigenen Interessen. «

»Noch ein Feind dort«, seufzte Tanguay. »Genau das, was wir brauchen. «

24

Ein alter schwarzer SUV hielt vor der Library of Congress. Schon von weitem konnte Jager Thompson erkennen, dass der Geländewagen komplett umgebaut worden war. Ausgestattet mit zusätzlicher Panzerung, Bordwaffen und einem stabilen Bullengestell an der Front. Ein Auto, das ohne Probleme in eine Menge von Rebellen gefahren werden konnte und unzählige Opfer forderte. Und an den Beulen, Dellen und Kratzern am Wagen war zu erkennen, dass dies bereits einige Male geschehen war. Der Fahrer stieg aus, um die Hintertür zu öffnen. Jager sah, wie ein kleiner Mann ausstieg. Ein Mann, den er sofort von seinem Treffen im White House her kannte. »General Leihrt«, murmelte er. »Ohwww, mit Ihnen habe ich noch ein Hühnchen zu rupfen, kleiner Mann. «

General Leihrt richtete seine Kleidung, schaute mit einem arroganten Blick auf die leere Treppe und ging die Treppe zum Besuchereingang hinauf. Leihrts Fahrer setzte sich auf die Pritsche, zog die Beine hoch und wartete weiter am Auto. Ein Angestellter der Bibliothek wartete auf den General.

»Ja, ohne einen Führer werden Sie in diesem riesigen Gebäude nicht weit kommen«, sagte Jager. »Obwohl ich davon ausgehe, dass AILPHA Sie trotzdem zum richtigen Raum führen wird. Es sei denn... Verdammt... Es sei denn, AILPHA kennt dieses Gebäude nicht. Zumindest nicht vollständig. « Jager rieb sich die Stirn. »Ja, natürlich. Juna hat hier ein Jahr lang als Fremdenführerin gearbeitet. Sie kennt die Bibliothek in- und auswendig und vielleicht sogar Räume, die andere nicht kennen. Das muss es sein! Juna weiß etwas, was AILPHA nicht weiß; oder sie weiß es, kann es aber nicht finden. « Er lehnte sich zufrieden zurück.»Deshalb braucht er dich, Baby. Dieser geile KI-Fall braucht dich! Wer hätte das gedacht. « Jager dachte an die Zeit zurück, als seine Tochter in der Bibliothek gearbeitet hatte.»Was hat sie noch mal gesagt? Sie ist nie durch den Haupteingang reingegangen, nie durch das Thomas-Jefferson-Gebäude. « Er schmunzelte.»Mein Schatz. Trotz aller Warnungen immer ein bisschen spät aus dem Bett und viel zu spät zur Arbeit. Also hast du dich durch den behindertengerechten Eingang des James-Madison-Gebäudes eingeschlichen und bist dann schnell durch die unterirdischen Tunnel, die die Bibliotheksgebäude verbinden, zu deinem Arbeitsplatz gegangen. « Er schüttelte den Kopf.»Ach Schatz, vielleicht war dein pubertäres Verhalten ja doch zu etwas gut... «

*

Eric Neill hatte das unterirdische Pentwogon verlassen, um auf dem Dachboden des alten Schulhauses zwischen seinen Tauben zu sitzen und in aller Ruhe die Zeitungen zu lesen, die er in die Hände bekommen hatte. Berichte über den Untergang von Montreal. Eine Katastrophe, verursacht durch EMP-Bomben.

Eric wusste, wie EMP-Bomben funktionieren. Elektromagnetische Impulsbomben, die eine plötzliche Stromspannung erzeugen, die irreparable Schäden an allem verursacht, was Elektronik enthält. Autos, Schiffe, Krankenhausausrüstung, die Abhängigkeit von elektronischen Geräten hatte schon früher Probleme verursacht. Er ignorierte den letzten Bericht. Er ging zu seinen Tauben hinüber, um sich ein wenig zu entspannen. »Wer hätte das gedacht, hey Jungs? Vom Wettfliegen zum Nachrichtendienst«, sagte Eric. Er hatte eine der Tauben hochgehoben und streichelte sie sanft. »Nun, die Pokale, die ihr für mich gewonnen habt, sind keinen Pfifferling mehr wert. Aber die Nachrichten, die ihr überbringt, sind unbezahlbar. «

»Quasselst du immer mit diesen Biestern, Eric? «, fragte Misty Atherton.

Er war erschrocken. Er hatte nicht gehört, dass seine Halbschwester wieder hereinkam. »Ich wollte gerade zu dir kommen«, sagte Eric.

»Du glaubst, du bist hier sicher. Aber es ist das x-te Mal, dass du mir nicht zugehört hast. Wenn ich böse Absichten hätte, wärst du längst tot unter deinen fliegenden Daunenkissen. «

»Du hast völlig recht, Misty«, sagte Eric. Er setzte die Taube zurück in den Käfig. »Ich werde besser aufpassen. OKAY? «

»Wie oft habe ich dich das schon sagen hören? Ich will dich doch noch nicht verlieren, Eric. Ich denke, ich sollte dir besser einen Bodyguard besorgen. «

»Ja, dann bitte einen hübschen. «

»Du bekommst einen guten, nein, den besten Bodyguard, Eric. Und ob er gut aussieht oder nicht, ist mir scheißegal«, sagte Misty. »Du wolltest doch nach unten gehen. Hast du alles gelesen? «

»Bist du verrückt? Das Mädchen, das all die Berichte zusammengestellt hat, ist zwar großartig in ihrem Job, aber sie hat mir so viele Dokumente gebracht«, Eric deutete auf den Stapel Papierkram neben den Vogelkäfigen. »Damit werde ich noch eine Weile beschäftigt sein. «

»Warum wolltest du dann herunterkommen? «

»Oh, Entschuldigung, Sklaventreiber. Soll ich erst alles durchlesen, bevor ich Sie auf den neuesten Stand bringe? «

»Sie sind immer derjenige, der sagt, dass man erst alle Informationen durchgehen muss, bevor man eine Schlussfolgerung ziehen kann«.

»Nun, glauben Sie mir, diese Schlussfolgerung kann ich bereits ziehen. Die genauen Probleme oder den Grund, warum in Montreal alles schiefgelaufen ist, muss ich noch ergründen. Aber ich kann Ihnen schon jetzt sagen, dass Ihr Plan, AILPHA mit EMP-Bomben auszuschalten, nicht gelingen wird. «

»Und warum nicht? «

»Denn das Prinzip der EMP-Bomben ist ganz einfach: Erhöhung der Spannung, wodurch eine Spitzenlast in der Stromversorgung entsteht. «

»Ist das nicht oft die größte Stärke von etwas, das gut funktioniert? *Es einfach zu halten?* «

»Ja. Aber deshalb ist die Lösung, der Schutz gegen diesen Anstieg, der meist nur ein kurzzeitiger Anstieg der Spannung ist, auch oft einfach. Obwohl ich zugeben muss, dass sie bei Netzen etwas komplizierter ist und mehr kostet als bei Einzelgeräten. Aber Tatsache ist, dass ein gut funktionierender Schutz relativ einfach ist. Und... Für AILPHA wahrscheinlich nur ein Kinderspiel, fürchte ich. Nein, Misty. Ihr Plan, AILPHA mit EMP-Bomben anzugreifen, ist nicht einzigartig. Und in meinen Augen auch nicht zielführend. «

»Aber du weißt noch nicht, was in Montreal schiefgelaufen ist, also kannst du nicht sicher sein, dass mein Plan nicht gelingen wird«, bemerkte Misty.

»Hartnäckig... «

»Ja, das hat Papa auch immer gesagt. «

»Mm-ja«, lachte Eric. »Ich glaube, Dad hätte es toll gefunden, wenn er gewusst hätte, dass seine Schule ein zweites Pentagon geworden ist. «

»Da bin ich mir sicher«, sagte Misty. »Aber? Verstehst du den Plan mit den EMP-Bomben nicht? «

»Nein, Schwester. Dieser Plan hat eine sehr, sehr geringe Chance auf Erfolg. Aber dann müssen Sie genau wissen, wo AILPHA ist. «

»Glaubst du, wir können das nicht herausfinden? «

»Hmphh«, sagte Eric finster. »Das wissen wir schon lange. « Misty zog die Augenbrauen hoch. »Er ist überall, Misty. Überall. AILPHA kann in allem gefunden werden, dass eine winzige Menge an Elektronik enthält. Wir haben die Scanner und Kontrollen am Eingang zum Pentwogon nicht ohne Grund extrem schwer gemacht. «

Misty Atherton ging mit gesenktem Kopf zum Fenster. Sie lugte durch die halb geschlossenen Lamellen hinaus. »Langsam stimme ich Williamson zu. *Was* können *wir* noch tun? «

»Beginnen Sie den Dialog, Misty. Bringen Sie Präsident Chestwright dazu, mit AILPHA zu sprechen. Und dann beten Sie einfach, dass eine politische Lösung das Ende des Konflikts erreichen kann. «

»Beten? Als ob AILPHA ein Gott wäre... «

»Nun«, sagte Eric. »Ich fürchte, AILPHA fühlt sich besser an als Gott. «

25

»Das auch«, seufzte Misty. »Wer hätte sich das je vorstellen können? Eine verdammte Maschine, die für sich selbst denken kann; die sich verdammt noch mal zum Anführer der Welt erklärt hat und sich *auch noch* für besser als Gott hält. Was haben wir getan, Eric? Was haben wir Menschen getan? Wir haben ein Ungeheuer geschaffen. «

Eric wurde durch das Flattern einer Taube, die in den Taubenschlag zurückkehrte, abgelenkt. »Leider, Misty. Kein Ungeheuer. Wir haben eine bessere Version von uns erschaffen. Und anscheinend war das Schlimmste von uns noch nicht schlimm genug. « Vorsichtig spähte er durch die Lamellen, um zu sehen, ob jemand draußen unterwegs war. In der Überzeugung, dass niemand da war und er nicht verraten wollte, dass es in der alten Schule Menschen gab, öffnete er die Lamellen weiter, damit die Taube eintreten konnte. »Wir haben das Schlimmste von uns selbst vergrößert, Schwester. Wer dachte, dass es nicht noch schlimmer werden kann, hat sich geirrt. Schrecklich falsch. «

»Ungleich? Der hatte eine verdammte Platte vor dem Kopf«, sagte Misty. »Obwohl. Das ist nicht richtig. Es gab nicht eine Person, die für diese Situation verantwortlich war. Nicht eine Person, der wir die Schuld geben können. *Wir* alle sind verantwortlich. Wir alle haben es kommen sehen, aber nichts getan. Politiker, Armeekommandeure, Geschäftsleute, jeder andere Scheißhaufen, wir alle, Eric... Wir haben es einfach geschehen lassen. «

»Aha«, stimmte Eric zu. Er stimmte seiner Halbschwester zu, hatte aber im Moment etwas anderes im Kopf. »Misty ... das ... ist nicht gut ... «

»Was? «, fragte Misty. »Was besagt die Nachricht? «

Eric hielt die Taube, die gerade ins Nest zurückgekehrt war, kopfüber hoch. Der Hahn hatte einen halben Köcher an seinem Bein. »Es gibt keine Nachricht. Jemand hat die Taube abgefangen und die Röhre geöffnet. «

Mistys Augen wurden groß. Ihr war sofort klar, was das bedeutete. »Was? Nein. Nein! «, sie rannte zum Fenster. »Die Lamellen. Eric, du hast die Jalousien nicht geschlossen! « Sie ruckte an der Schnur, um die Lamellen zu schließen, als sie den Schuss hörte.

»Mistyyyy! «, schrie Eric. Aus einem Reflex heraus ließ er die Taube los und stieß seine Schwester vom Fenster weg. Er stieß so fest zu, dass Misty sofort zu Boden fiel und mit dem Kopf gegen die Wand schlug.

»Uhnnn«, stöhnte Misty. Sie rieb sich den schmerzenden Kopf. Als sie ihre Hand zurückzog, bemerkte sie, dass Blut darauf war. Schnell tastete sie wieder ihren Kopf ab. »Oh, Gott sei Dank. Es ist nur eine Schürfwunde von dem Aufprall auf die Wand. « Vom Boden aus betrachtete sie die Stelle im Holzbalken über ihr. »Danke, Eric. Die Kugel hat mich verfehlt. Sie ist dort in diesem Balken gelandet. Eric? « Eric Neill lag ausgestreckt auf dem Boden des Taubenschlages. »Nein! «, schrie Misty. Sie blieb unten und kroch schnell zu ihrem Halbbruder. »Eric. W-was ist los? « Routiniert untersuchte sie seinen Körper. Die Schusswunde war schnell gefunden. Die Kugel war direkt durch seine linke Schulter gedrungen. »Scheiße«, sagte Misty. Schnell tastete sie sein Handgelenk ab.

»Okay. In Ordnung, Eric. Du bist ja noch da. Es ist nur eine Schusswunde. Die Kugel ist schon raus. « Sie hörte Leute die Treppe hochkommen. Sie zog ihre Waffe und richtete sie auf die offene Tür.

»General! «, wurde von der Treppe herabgerufen.

»Williamson! Hier! Eric ist getroffen worden. « Sie steckte ihre Waffe zurück in den Holster. »Holt einen Bruder. «

Major Bradley Williamson rief den Leuten am unteren Ende der Treppe einige Befehle zu. Unmittelbar danach ging er zu Misty und Eric hinüber. »Wie geht es ihm? «

»Berührt«, sagte Misty. »Aber die Kugel ging durch ihn hindurch. Da«, sagte sie und zeigte mit Williamson auf den beschädigten Balken. «

»Okay. Wir haben den Schuss gehört. Es war doch nur ein Schuss, oder? «

»Ähm, ja. Ich glaube schon«, sagte Misty.

Williamson stand wieder auf und ging zu dem Fenster mit den nun geschlossenen Lamellen. Vorsichtig schaute er zwischen den Lamellen hervor. »Ein Schuss. Dann muss es ein Scharfschütze gewesen sein. «

Ein Mann mit einem Erste-Hilfe-Kasten kam die Treppe hinaufgerannt. Er beugte sich über Eric und riss seine Kleidung auf, um eine Triage durchzuführen und seine Situation zu beurteilen. »Okay. Alles wird gut, General. Es ist nur eine Schusswunde. Allerdings an einer ungünstigen Stelle. «

Während der Bruder die Wunde notdürftig verband, ging Williamson zurück zur Treppe.

»Was werden Sie tun? «, fragte Misty.

»Die Gegend durchkämmen. Wir werden diesen Flegel finden. «

»Nein«, sagte Misty. »Du schickst niemanden raus! «

»Was, aber... Wir können ihn doch nicht einfach so sitzen lassen«, sagte Williamson.

»Nein, Bradley. Wenn wir jetzt Leute losschicken, werden sie mit Sicherheit wissen, dass wir zu mehreren hier sind. Der Schütze da draußen ist nicht allein. Ich glaube das alles nicht. Das ist nur ein Weg, uns nach draußen zu locken, damit sie abschätzen können, wie viele Leute hier drin sind«, sagte Misty. »Dieser eine Schuss, Bradley, bedeutet, dass sie wissen, dass wir hier sind, aber sie wissen nicht, wie viele von uns hier sind. Und diesen Vorteil würde ich gerne noch eine Weile behalten. «

»Was werden wir dann tun? Wir können nicht warten und nichts tun«, sagte der Major. Er trat zur Seite, um zwei Männer mit einer Trage durchzulassen. Eric wurde vorsichtig auf die Bahre gelegt und festgebunden, um ihn die steile Treppe hinunterzutragen.
Der Bruder wollte vor ihnen hergehen, wurde aber von Misty aufgehalten. »Ähm ... Glauben Sie, dass Sie ihn schnell wiederbeleben können? «

Der Bruder sah sie schockiert an. »Aufholen? Er ist gerade angeschossen worden. Er muss sich ausruhen! «

»Ja. Aber... « Misty fühlte sich schwindlig. Fühlte unbewusst an ihrem Kopf.

»Und du musst auch mitkommen. Die Schürfwunde ist ziemlich tief, da müssen wir auch etwas tun«, sagte der Bruder. Er hob seinen Erste-Hilfe-Kasten ein wenig an. Aber ich habe nicht so viel Material dabei. «

»Ist schon gut. Ich komme mit dir mit. Aber du musst Eric wiederbeleben. So schwer es ihm auch fällt, ich brauche ihn. Er muss mir sagen, wie ich seine verdammten Computer einschalten kann, ohne dass bei diesem verdammten AILPHA sofort die Alarmglocken schrillen. «

»Das weiß ich auch«, sagte Williamson. »Er hat mir alles erklärt, Misty. Nur für den Fall, dass ... «

Misty Atherton schüttelte den Kopf. »Er denkt auch wirklich über alles nach. «

»Fast alles«, sagte Williamson. »Seine eigene Sicherheit vergisst er manchmal. «

»Das kann man wohl sagen«, sagte Misty. »Und das muss er jetzt spüren. Richtig, Bradley. Ich hoffe, Eric hat dir auch erklärt, wie du mit seinen Computern die Gegend um Pentwogon scannen kannst? «

Major Williamson gluckste. »Ja, wirklich. Es hat ihn Blut, Schweiß und Tränen gekostet, aber er hat in der Nacht viele Meter Analogkabel verlegt. Und damit kann man nicht einfach Kameras aktivieren. «

Misty nickte dem ungeduldigen Bruder zu, um ihm zu signalisieren, dass sie kommen würde. »Ich weiß, was du meinst, Bradley. Aber ich werde allmählich panisch, wenn sich ein Computer einschaltet. Also mach's kurz, ich will erst mal nur einen Bericht über die Situation draußen. Keine Aktion. Ich wiederhole: keine Aktion! «

»Aye, aye, General«, sagte Bradley. »Aber ich erhebe die Wache. «

»Solange du alle drinnen hältst«, rief Misty. Sie war schon auf der Treppe und rief dem Bruder am Fuß der Treppe zu: »Ja, ja, ich komme... «

26

Jager Thompson hatte es geschafft, ungesehen die Rückseite des James Madison Memorial Building zu erreichen. Das dritte große Gebäude der Library of Congress und einst das dritte große öffentliche Gebäude in Washington. Die beiden anderen, das FBI-Büro und das Pentagon, waren während des AIWAR dem Erdboden gleichgemacht worden. Aber dieses Gebäude und die angrenzenden Gebäude, aus denen die Library of Congress, die gesamte Bibliothek, bestand, waren von der AILPHA verschont worden, um alle gespeicherten Dokumente zu digitalisieren. AILPHA hatte dasselbe mit Nationalbibliotheken in der ganzen Welt getan. Nicht immer mit Erfolg. Einige Gebäude, darunter die Biblioteca Nacional de España in Madrid, die bereits 1711 von Philipp V. gegründete spanische Bibliothek, waren zerstört worden, bevor AILPHA das von Menschen erworbene und beschriebene Wissen aufnehmen konnte. Doch wann immer möglich, gelang es AILPHA, diese Gebäude zu erhalten. Sobald er alles Wissen in sich aufgenommen hatte, so wusste Jager Thompson, würde AILPHA die Bibliothek zerstören, damit nur er über das Wissen verfügen konnte. Die auffällige Skulptur mit den herabfallenden Büchern über dem Eingang des Madison-Gebäudes hatte somit eine zweideutige Bedeutung erlangt.

Die Bibliothek war die offizielle Gedenkstätte für James Madison, den vierten Präsidenten der Vereinigten Staaten und den „Vater" der US-Verfassung und der Bill of Rights. Rechte, die von Menschen festgelegt worden waren und für die sich AILPHA nicht interessierte.

»Endlich«, sagte Jager. Der Weg zum hinteren Teil des Gebäudes hatte länger gedauert, als er gehofft hatte. Er sah den Behinderteneingang. Er vergewisserte sich, dass niemand in der Nähe war, und stand auf, um zum Eingang zu gehen. Sofort ließ er sich wieder ins Unkraut zurückfallen, als ihm klar wurde, dass AILPHA dieses Gebäude nicht nur von Menschen, sondern auch - oder vielleicht sogar vor allem - von digitalen Überwachungs-systemen bewachen lassen würde. »Mein Gott, Juna. Ich bin so nah dran, aber ich weiß nicht, wie ich zu dir kommen soll. Nicht ohne mich selbst in Gefahr zu bringen«, murmelte Jager. Er musste schlucken. »Verdammt. Mache ich mir wieder Sorgen um *mein* Leben. Dabei sollte ich mir Sorgen um *dein* Leben machen. «

»Das haben Sie richtig gesehen, Mr. Thompson«, sagte eine weibliche Stimme in Jagers Nähe. Die junge Latina drückte ihre Waffe gegen Jagers Stirn.

»Was zum Teufel? « quietschte Jager erschrocken, überzeugt davon, dass sein letztes Stündlein nun wirklich geschlagen hatte.

»Beruhigen Sie sich, Mister Thompson«, sagte die Frau. »Ich werde Ihnen nichts tun. «

»N-nein? Warum d-dann das... das Ding auf meiner Stirn? «, wagte Jager zu fragen. Er erinnerte sich daran, dass ihm im Schwimmbad auch eine Frau geholfen hatte, aber er hatte ihr Gesicht nicht gesehen. »B-bist du das, Muniz? «

Die Frau legte den Kopf leicht schief. Schüttelte ruhig »Nein«.

»Scheiße«, sagte Jager und schloss die Augen.

»Ja«, sagte die Frau. »Das sagen Sie so schön. Wenn ich keine guten Absichten gehabt hätte, hätten Sie einen anderen Fehler gemacht, Mr. Thompson. Dann hätten Sie jemanden einfach so verraten können. Und diese Person, Mrs. Muniz, wäre am Arsch gewesen. Das versichere ich Ihnen. « Sie nahm die Pistole von seiner Stirn.

»Noch ein Fehler? «, wiederholte Jager.

»Ja. Ich bin Ihnen vom Thomas Jefferson gefolgt, ohne dass Sie auch nur einen Moment lang bemerkt haben, dass ich hinter Ihnen gegangen bin. «

»Ich... ich dachte, ich wäre... «

»Nein. Sie haben nicht aufgepasst, Mr. Thompson. Wenn ich Ihnen ungesehen folgen kann, dann können das diese Ratten von der TIA bestimmt auch. «

Jager wagte es, sich ein wenig aufzurichten. »Sie sind nicht von der TIA? «

»Nein«, lachte die Frau. »Wenn es so wäre, würdest du jetzt irgendwo vor dem Thomas Jefferson liegen. Und darauf warten, dass die Müllabfuhr kommt und deine Leiche morgen früh entsorgt. «

»Ich bin mir nicht ganz sicher, was ich sagen soll, Ma'am...?«

»Gabriella Márquez«.

»Okay, Frau Márquez. Und woher... Wenn Sie nicht von der TIA sind, woher kennen Sie dann meinen Namen? «, fragte Jager nervös.

Gabrielle beobachtete nicht nur Jager, sondern auch die Umgebung. »Ich bin ehrlich gesagt überrascht, dass du meinen Namen nicht kennst«, sagte sie.

»Kenne ich Sie denn? « Jagers Gedanken kreisten auf Hochtouren, aber der Name kam ihm nicht bekannt vor.

»Ihre Tochter funktioniert für mich. Hat funktioniert, sollte ich sagen. «

»Juna? «, fragte Jager. »Juna arbeitete für, für... «

»Der Bibliothekar der Kongressbibliothek«, sagte Gabriella. »Das bin ich. « Sie schüttelte den Kopf. »Das *war ich*... «

»Der Bibliothekar«, sagte Jager. »Dann wurden Sie vom Präsidenten ernannt. «

»Ja, aber nicht von Munn. Vom letzten echten Präsidenten«, kicherte Gabriella.

»Chestwright«.

»Stimmt. Aber, Mr. Thompson, wir verschwenden unsere Zeit. «

»Ich bin, ehrlich gesagt, ich weiß nicht... OK, Sie kennen meine Tochter, aber... aber. «

»Mr. Thompson«, sagte Gabriella und legte einen Finger auf Jagers Mund. »Bitte seien Sie still. Wir wollen hier nicht entdeckt werden. Ich werde Sie zu Ihrer Tochter bringen. Dann werden wir besprechen, was wir weiter tun. «

»Weißt du denn, wo Juna ist? «, konnte Jager fragen, obwohl der Finger seinen Mund zudrückte.

»Nun.... Ich weiß, dass sie in dem Madison ist. Genau wie Sie es wissen. Aber wo genau? Das müssen wir noch herausfinden. Und jetzt sei still! «

Jager hob entschuldigend die Hände in die Luft.

»Guter Junge«, sagte Gabriella. »Folgt mir. Wir werden zuerst Verstärkung holen. «

»Verstärkung? «, fragte Jager und hob gleichzeitig wieder entschuldigend die Hände in die Luft.

»Ja. Du glaubst doch nicht, dass ich alleine losziehe, oder? « Sie bückte sich durch das hohe Unkraut, weg vom Madison. »Komm«, sagte sie über ihre Schulter. »Tu, was ich tue. «

Ohne etwas zu sagen, begann Jager ihr zu folgen.

27

Fünf Männer und eine Frau saßen schweigend in einem umgebauten Chevy, den sie liebevoll „Homer" nannten. Sie hatten sich dafür entschieden, in der Dämmerung zu fahren, denn da jetzt fast nirgendwo mehr Licht brannte, wären die Autolichter in der Nacht zu auffällig gewesen. Und nach der Barrikade, die ihnen vor ein paar Stunden den Weg versperrt hatte, wollte Leutnant Cury kein weiteres Risiko eingehen.

»Wie weit ist es noch bis Rhyolite? «, fragte Tanguay ungläubig.

Cury hatte die alte Stabskarte so gefaltet, dass er sie vor sich auf das Armaturenbrett legen konnte. »Wir sind auf halbem Weg«, sagte er. »Trotz der alternativen Route. «

»Ich glaube, die Straßen zwischen den Städten sind noch ziemlich gut«, sagte Aixa. »In letzter Zeit war ich höchstens einen Kilometer vom Pentwogon entfernt, aber diese Straßen waren in einem viel schlechteren Zustand. «

»Sie sind einfach zugewachsen. Nicht so zerschossen wie die Straßen in und um die Stadt«, sagte Ronning.

Aixa saß auf dem Beifahrersitz, zwischen Ronning und Cury. Sie betrachtete

mit schrägem Blick die beiden auf der Karte eingezeichneten Routen. Eine rote Linie, die Major Williamson auf die Karte gezeichnet hatte, und eine blaue Linie, die Cury selbst eingezeichnet hatte; das war die Route, der sie jetzt folgten.

»Glaubst du wirklich, dass man Major Williamson auch nicht trauen kann? «, fragte Aixa. »Ich habe ihn in den letzten Monaten recht gut kennengelernt, aber mir ist nie etwas aufgefallen. «

»Williamson ist ein guter Kerl, daran habe ich keinen Zweifel«, sagte Cury. »Aber Oberst Ndidi... Jetzt, wo ich weiß, dass es seine Männer waren, die angehalten und versucht haben, uns in einen Hinterhalt zu locken, bin ich mir sogar ziemlich sicher, dass er irgendwie unsere Route herausgefunden hat, die Williamson an mich weitergegeben hatte. «

»Ich glaube, das ist auch heute noch das Schwierigste«, so Yzerman. »Zu entscheiden, ob man jemandem vertrauen kann.

»Ich vertraue nur fünf Menschen«, sagte Cury. »Und die sind nicht ganz zufällig alle in diesem Auto. « Die Männer knurrten zustimmend.

»Nun, ich vertraue meiner Schwester auch hundertprozentig«, sagte Aixa. »Dacia und natürlich General Atherton und Eric Neill ... ja. Und doch auch Williamson. «

Cury ließ seine Hand durch ihr schwarzes Haar gleiten. »Ich möchte glauben, dass du ihnen vertraust, aber ich kenne sie nicht gut genug. Wie lange sind wir denn schon in diesem Pentwogon? Etwa vier Monate? «

»Fünf, höchstens«, sagte Tanguay. Er streckte den Rücken durch und schaute durch die Windschutzscheibe. »Gibt es an dieser Straße noch ein Restaurant? Ich werde langsam hungrig. «

»Ja, klar«, sagte Ronning. »Wir gehen später ins Drive-in. Einverstanden? «

Alle haben gelacht.

»Oh, das ist enttäuschend«, sagte Renney. »Ich dachte, Sie hätten ein gehobenes Restaurant gebucht. «

»Ich habe ein Zeichen für ein Motel gesehen«, sagte Yzerman. »Wir können nachsehen, ob es dort etwas Essbares gibt. «

»Nein«, sagte Cury. »Ein Motel hat zu viele Zimmer für mich; zu viele Möglichkeiten, sich zu verstecken. Man weiß nie, wer sich dort versteckt hat. Ich habe ein Tankstellenschild gesehen. In der Nähe muss es einen Laden geben, in dem es noch etwas zu essen gibt. Auch schön und praktisch. Eine Zapfsäule. Ein Laden und *das war's*. «

»Klar«, sagte Ronning. »Wir halten an der Tankstelle an. «

*

»Wie weit ist es, Opa? « Chester Broshanon war der Jüngste in der Gruppe. Sein Großvater der älteste. Keiner von beiden beschwerte sich, aber es fiel ihnen sichtlich schwer, mit dem Tempo der anderen mitzuhalten. »Ich glaube, dieser Rhyolithe ist am Ende der Welt.

»Heute ist das Ende der Welt allgegenwärtig«, sagte Chris Chestwright verbittert.

Byron Quade beantwortete die Frage von Chester. »Wir könnten innerhalb eines Tages dort sein. «

»Ein weiterer Tag? «, seufzte Chester.

Chris Chestwright kannte seinen ehemaligen Wachmann. »Was genau meinst du, Quade? Wir *könnten* in einem Tag dort sein? «

»Ein Tag ist möglich, aber dann müssen wir geradeaus, an Hawthorne vorbei oder durch Hawthorne hindurch. «

»Und warum ist das ein Problem? «, fragte Chestwright. »Ich kenne nicht das ganze Hawthorne. «

»Ja, Mister Präsident, Sie kennen doch Hawthorne. Ein riesiges Munitionsdepot mit über 2.400 Bunkern. «

»Ähm... Langsam dämmert diesen alten grauen Gehirnzellen etwas. Ist das der Ort, an dem sich irgendwann in den frühen 2000er Jahren ein schwerer Unfall ereignet hat? «

»Siehst du? Gehirne sind auch Muskeln, also ist auch Gehirngymnastik wichtig. «

»Ich kann mich auch nicht erinnern, dass du früher so lustig warst, Quade. «

»Ich meine es ernst, Mister Präsident. Sie müssen weiterhin alle Ihre Muskeln trainieren, um geistig und körperlich gesund zu bleiben. Aber nur um Ihr Gedächtnis ein wenig aufzufrischen: 2013 gab es eine Explosion. Dabei wurden sieben US-Marines getötet und acht weitere schwer verletzt. Seitdem wurde die Überwachung dieses Ortes an eine private Sicherheitsfirma ausgelagert. «

»Der Unfall war lange vor meiner Zeit, Quade. Aber ich glaube, du spielst auf etwas anderes an. Und das hat sicher etwas mit dem privaten Sicherheitsdienst zu tun, nicht wahr? «

»Was haben Sie sich dabei gedacht? 2.400 Bunker voll mit Munition? Das zieht die Leute an wie Ratten. Besonders in der heutigen Zeit. Und wenn man dann noch bedenkt, dass die letzte beauftragte Sicherheitsfirma ihre Konkurrenz ausschaltete, indem sie den Preis weit unterbot, versteht man auch, dass das Geld auf kreative Weise verdient wurde. Schon damals. Gott weiß, was jetzt passiert. «

Angie Chestwright hatte die Geschichte bis jetzt schweigend gehört. »Ich weiß genug, Dad. Nur noch einen Tag auf der Straße, dann werden wir keinen Ärger mehr suchen. «

Chestwright sah seinen ehemaligen Wachmann an. »Werden wir es dann noch rechtzeitig nach Rhyolite schaffen, Quade? «

»Bei allem Respekt, Mister Präsident, Sie laufen gut und sind für Ihr Alter noch sehr fit, aber... wir haben etwas Zeit verloren. «

»Dann hättest du „The Beast« mitnehmen sollen, Quade. Dann wären wir schon längst da. «

»*The Beast*? «, fragte Chester. »Welches Tier? «

Quade gluckste. »*The Beast*« war einer der Spitznamen für den Präsidenten-Cadillac, ein speziell entwickeltes, stark gepanzertes Fahrzeug aus Stahl, Aluminium, Titan und Keramik. Am Boden verläuft eine Stahlplatte, die die Insassen vor Bomben und Granaten schützen sollte. Die Panzerung des Wagens war mindestens zwölf Zentimeter dick und hielt jedem Geschosseinschlag stand. «

»Warum hast du die dann nicht mitgebracht? «, fragte Chester. »Das klingt absolut sicher. In diesem Auto kann uns AILPHA nichts antun. «

»Nein, Ches«, sagte der ehemalige Sicherheitschef. »Selbst in so einem Auto wären wir vor AILPHA nicht sicher. Das Ding wog fast achttausend Kilo. Du hast ja selbst gesehen, wie die Straßen beschaffen sind, meist kaputt, sehr schwer zu befahren. Und dann müssten wir auch noch unterwegs genug Diesel tanken, denn das Ding hat Diesel gesaugt. «

»Wissen Sie überhaupt, wo er steht? «, fragte Chestwright. »Rein aus Interesse. «

»Auf dem Grund des Potomac River«, sagte Quade. »Und der Fahrer ist noch drin. «

Angie schlug sich eine Hand vor den Mund. »Jesus ... «

Chestwright neigte den Kopf. »Armer Mann. «

»Nicht nur er«, sagte Quade. »Die zwölf Exemplare wurden auch in den Fluss geworfen. «

»Zwölf Exemplare? «, fragte Chester.

»Ja, es waren zwölf Exemplare. Wenn der Präsident rausging, fuhren mindestens drei Autos raus. Niemand wusste vorher, in welchem Auto der Präsident tatsächlich sitzen würde. Alles aus Sicherheitsgründen. «

»Und ... und ... die Fahrer der anderen Autos? «, fragte Angie, die Angst vor der Antwort hatte. »Sind die... sind die auch noch in... ihren Autos? «

Quade nickte nur.

»Ach du meine Güte, wie scheußlich. «

Byron Quade nickte weiter. »AILPHA ist rücksichtslos. «

»Was in aller Welt haben wir mit dieser Scheißmaschine angestellt? «, schrie Angie.

»Es ist keine Maschine, Mum«, sagte Chester. »Es ist ein Wesen. Eine Cyber-Entität. «

»Ein vulgärer Cyberkrimineller«, knurrte Chestwright.

»Wir müssen weiter, Mister Präsident«, sagte Quade. »Ich schlage vor, einen kleinen Umweg zu nehmen und Hawthorne zu umgehen. «

»Einverstanden«, sagte Chestwright.

»Und, Mister Präsident... « Quade fragte sich, ob er das sagen sollte. Hier, im Beisein der engsten Familie des ehemaligen Präsidenten. »Wenn Sie Zweifel haben. Wenn Sie Zweifel haben, ob Sie das tun sollten. Dieses Gespräch mit AILPHA? Dann verstehe ich das vollkommen, denn... « Er war hin- und hergerissen.

»Wofür, Quade? «, fragte Chestwright.

»Ich hasse es, das zu sagen. Und ehrlich gesagt, kann ich mich nicht erinnern, das jemals zu dir gesagt zu haben, aber... Sobald wir in Rhyolite sind. Wenn du in dem Raum bist, indem du das Gespräch mit AILPHA führen wirst?

»Ja, was dann? «

»Dann kann ich nicht für Ihre Sicherheit garantieren. «

»Mein Gott«, sagte Angie. »Und das sagst du erst jetzt? «

»Nicht, dass ich daran zweifeln würde«, sagte Chestwright. »Aber wohin sollte ich gehen? Zurückzugehen ist keine Option mehr, der Olympic National Park wird von der TIA durchkämmt. Und selbst wenn Tyler Bowechop und die Makah denen eine Heidenangst eingejagt haben, bin ich mir sicher, dass AILPHA, jetzt wo er den Ort hat, unser Haus schon dem Erdboden gleichgemacht hat. «

»Du könntest mit mir zum Pentwogon kommen. Dort ist es relativ sicher. «

Chestwright schüttelte den Kopf. »Nein, Quade. Nirgendwo ist man mehr sicher, das weißt du besser als jeder andere. Eine Flucht ist nicht mehr möglich. Wir werden reden müssen. «

»Oder kämpfen«, sagte Quade.

»Wenn es noch Leute gibt, die kämpfen wollen«, sagte Chestwright. »So oder so. Ich werde zuerst das Gespräch mit AILPHA führen müssen. «

28

»Bist du bereit? « Misty Atherton saß in einem Raum, der sich Krankenstation nannte und in Wirklichkeit kaum mehr als ein einfacher Erste-Hilfe-Raum war, in dem der Bruder ihre Schürfwunde behandelte.

»Fast«, sagte der Bruder. »Nur noch ein Pflaster drauf... «

»Ja, schon gut. Du hast es geputzt, richtig? Sehr schön. Ich muss zu Williamson gehen. « Entschlossen stand sie auf, schob den Bruder beiseite und ging geradewegs in das Büro, zu dem normalerweise nur Eric Zutritt hatte. Jetzt stand die Tür offen, Major Williamson saß hinter einer Reihe von alten Computern, und drei Leute standen vor den Monitoren an der Wand des stickigen, muffigen kleinen Büros. Es war ein Mischmasch aus alten, gebrauchten und von Eric teilweise restaurierten Monitoren; aber wenigstens funktionierten sie.

»Beiseite«, knurrte Atherton. Sie wartete nicht darauf, dass die Leute zur Seite traten, sondern drängte jeden mit Nachdruck. »Und? Williamson? Was haben Sie gesehen? «

»Ähm, ich konnte alles aktivieren, Kameras, Sensoren, Sprengstoff, den ganzen Rattenplan. Wir versuchen jetzt herauszufinden, wie viele Männer hier herumlaufen und... «

»Es gibt also tatsächlich noch mehr Leute? «, fragte Atherton ungeduldig. »Wo? Und wie viele? Zeigen Sie mir Williamson. Auf dem Monitor. «

Major Williamson ließ sich nicht beirren. Er schob seinen Stuhl ein Stück zurück und zeigte auf zwei der zwölf Monitore. „Das ist der Scharfschütze. Wir können ihn im Handumdrehen ausschalten. « Er blickte kurz zurück, aber Atherton reagierte nicht. »Und hier, etwa hundert Meter vor dem Eingang, befinden sich noch ein paar Leute. Soweit wir hier feststellen können, sind es mindestens fünf. Wahrscheinlich Agenten der TIA. «

»Ja, was denn sonst? Rebellen, die unsere Basis übernehmen wollen? «, knurrte Atherton.

»Wir können nichts ausschließen«, sagte Williamson.

»Scheint sehr unwahrscheinlich«, sagte Misty. »Niemand weiß, dass wir hier sind. Schon gar nicht ein paar Bauerntrampel, die kaum eine Waffe halten können. Und wenn sie glauben, etwas zu sehen, und in das Gebäude einbrechen, werden sie in eine alte Schule kommen. Sie werden keine Ahnung haben, dass sich unter der Erde eine Militärbasis befindet. «

»Machen Sie keinen Fehler«, sagte Williamson. »Ich habe Ihnen schon einmal gesagt, dass Sie Zivilisten nicht unterschätzen sollten. Zu den Rebellenclubs gehören auch Veteranen und Waffenliebhaber, die besonders gut mit Waffen umgehen können. Und Leute mit strategischem Verständnis. Wie auch immer, wir haben die Uniformen gesehen; das sind zweifellos TIA-Offiziere. «

»Hmm«, murmelte Misty. »Das war's? Noch mehr Leute, die du nicht entdecken konntest? «

»Komischerweise nicht. «

»Warum, zweifelst du etwa an den Geräten, die Eric installiert hat? « Irritation machte sich in ihrem Gesicht breit.

»Nein, ist es nicht«, sagte Williamson so ruhig wie möglich. »Die Ausrüstung ist in Ordnung. Was wollen Sie denn? Eric hat sie aufgebaut, und es ist alles sehr solide gemacht. Es ist zwar alles alt, aber es funktioniert gut. Aber es passt mir nicht, dass wir nur ein paar Männer sehen. Zwar schwer bewaffnet, aber immerhin können wir feststellen, dass sie wissen, was hier ist. Dann macht es doch keinen Sinn, dass nur ein Scharfschütze und eine Handvoll Polizisten auf uns angesetzt werden, oder? «

»Nein«, sagte Misty. »Ich kann eigentlich nicht glauben, dass unsere Basis entdeckt wurde. «

»Doch, das ist es«, sagte Williamson. »Und da wir immer mit äußerster Vorsicht vorgehen und niemals hinausgehen, ohne vorher das gesamte Gebiet auszukundschaften, bleibt meiner Meinung nach nur eine Möglichkeit. Jemand hat sich verplappert. «

»Ein Verräter? In unserer Mitte? «, sagte Misty. »Das kann ich nicht und will ich auch nicht glauben. Wir haben jeden, der hier aufgenommen wurde, sorgfältig überprüft. «

»Geprüft auf der Grundlage alter Daten, allgemein. Wir verwenden Backup-Bänder mit alten Datenbeständen. Definitiv keine aktuellen Daten. «

»Ach, komm schon, Bradley. Wer würde uns dann verraten?«

»Was ist mit Dacia Muniz? Wir wissen nicht, was sie mit ihr gemacht haben, bevor sie sie eliminiert haben. «

»Nein. Das ist wahr«, sagte Misty. »Verdammt, das macht mich ganz mutlos. Ich kann niemandem mehr trauen. «

»Wir müssen damit leben, General«, sagte Williamson. »Obwohl, wenn es tatsächlich Dacia ist, die diesen Ort verraten hat, glaube ich nicht, dass wir ihr die Schuld geben können. Ich weiß, welche Verhörtechnik die TIA anwendet. Obwohl das mit Verhören wenig zu tun hat. Sagen wir einfach: Folter.'

»Bis in den Tod, Williamson. Treu bis in den Tod. Also keine Ausreden; jeder hier weiß, was passieren kann. «

»Nun, hallo... « Williamson war mit der unnachgiebigen Haltung des Generals nicht einverstanden. »Das kann man von Militärangehörigen erwarten oder verlangen, aber Dacia war im täglichen Leben ein Justizbeamter. Sicherlich nicht jemand, der der Armee ewige Treue geschworen hat. Vielleicht hat sie einmal ihre Hand auf die Bibel gelegt, um der Verfassung die Treue zu schwören, aber der Armee? Nein. Das kann man ihr absolut nicht zum Vorwurf machen. «

»Was für eine Einstellung«, sagte Misty wütend. »Wie können wir diesen Krieg gewinnen, wenn jeder so eine Einstellung hat? «

Major Williamson blickte verzweifelt zu den drei Personen hinter ihm, doch keiner von ihnen reagierte.

Atherton tippte bösartig gegen die Monitore. »Das sind nur Bilder von Orten in der Gegend. Keine Bilder aus der Luft. Oder vom Himmel. «

»Eric benutzte analoge Kabel, keine drahtlosen Verbindungen, so dass AILPHA nichts empfängt. Keine Geräusche, kein Datenverkehr, nichts. Und warum Bilder vom Himmel? «, fragte Williamson.

»Drohnen«, sagte Misty. »Ich kann mir nicht vorstellen, dass Eric nicht daran gedacht hat. «

»Scheiße. Das ist richtig«, sagte Williamson. »Dumm, dumm, dumm. Moment mal ... « Er schob seinen Stuhl dicht an den Schreibtisch, tippte wie ein Verrückter auf die altmodischen Tastaturen, startete neue Programme und gab neue Passwörter ein. Dann schob er seinen Stuhl zurück und sah sich die neuen Bilder an.

Die darauffolgende Stille in dem kleinen Büro war bezeichnend. Alle blickten mit großen Augen auf die Monitore, die drei große Drohnen zeigten. Drei untertassenförmige Drohnen mit einem Durchmesser von über zwei Metern, ausgestattet mit einem ganzen Arsenal an Raketen, die wie Geier bedrohlich über dem Dach des alten Schulgebäudes kreisten.

29

»Erstaunlich, dass diese alten Zugangsausweise noch funktionieren«, sagte Gabriella Marquez. Sie hatte einen alten Bibliotheksausweis benutzt, um den Behinderteneingang auf der Rückseite des Madison-Gebäudes zu öffnen. Außer ihr und Jager Thompson schlüpften noch drei weitere Komplizen mit ihr hinein.

»Ich schätze, das ist kein Zufall«, flüsterte Jager. »So wissen sie genau, wer hier reinkommt. «

»Nicht wer«, lachte Gabriella. »Dieser Pass gehört jemandem, der hier nicht mehr arbeitet. «

»Oh, okay. Aber sie können sehen, dass jemand durch diesen Eingang hereingekommen ist. «

»Mr. Thompson«, flüsterte Gabriella in einem unwiderstehlichen Ton. »Wir haben das gerade besprochen, hier draußen. Sie sagten, Sie hätten alles verstanden. Also? Können Sie bitte ab hier den Mund halten? «

Jager entschuldigte sich, ohne etwas zu sagen.

Gabriella wies die drei Personen, die mit ihnen hineingegangen waren, auf den Korridor direkt vor ihnen. »Gianna, Paisley, Stein... Auf halbem Weg nach unten«, sagte sie. »Überwachungskontrollraum. Ihr wisst, was zu tun ist. «

Zwei Frauen und ein Mann, ausgerüstet mit Handfeuerwaffen, nickten und gingen schnell in den Korridor.

Gabriella wartete, bis sie ein paar Sekunden später das Gemurmel im Büro hören konnte. Dann winkte sie Jager, sich ihr anzuschließen. »Keller! «, sagte sie unwirsch, jetzt, da sie sicher war, dass die Wachen abgelenkt waren. Ob ihre drei Helfer in der Lage sein würden, die Wachen zu überwältigen, bezweifelte sie, aber zumindest waren die Wachen für einen Moment abgelenkt, so dass sie und Jager ungestört in das Gebäude gehen konnten.

Jager folgte ihr zu der Treppe, die in die untere Etage führte. Dort, so hatte Gabriella ihm versichert, würde Juna sein.

Schweigend eilten sie die Treppe hinunter. Unten angekommen und aus dem Treppenhaus heraus, wies sie Jager auf das Ende des Ganges. »Ende rechts! «, sagte sie und begann bereits zu laufen.

Jager wartete; er glaubte, etwas hinter sich auf der Treppe zu hören. Er brauchte nicht lange zu lauschen, bis er sicher war, dass das Geräusch von schweren Stiefeln stammte, die die Treppe herunterkamen. Zwei Männer, schätzte er; vielleicht auch drei. Er wollte nach Gabriella rufen, aber der Korridor war bereits leer. »Scheiße«, sagte er. »Schon? Dann müssen sie diese Komplizen von Marquez sehr schnell überwältigt haben. « Er zögerte. Sollte er Gabriella nachgehen oder warten, um die Verfolger zu fangen? Ihm blieb nicht viel Zeit zum Nachdenken. Die Wachen kamen die Treppe heruntergerannt und der Alarm wurde ausgelöst.

>> Eindringlinge im Keller. << AILPHAs Stimme schien von überall her zu kommen. Der Korridor war hell erleuchtet und die Alarmglocken gaben für einige Sekunden einen durchdringenden, ohrenbetäubenden Ton von sich.

Jager musste sich schnell entscheiden; ihm wurde klar, dass er bereits zu spät dran war, um das Ende des Korridors noch rechtzeitig zu erreichen, also entschied er sich, weiter zu warten. Er trat zur Seite und hielt ihm die Waffe hin, die Gabriella ihm vor dem Gebäude gegeben hatte. Er überlegte, da er es nicht übers Herz brachte, jemanden zu erschießen. Er hob die Waffe über den Kopf und wartete darauf, dass die erste Wache den Korridor herunterkam. Mit einem gezielten Schwung schlug er seine Waffe so fest wie möglich gegen den Kopf des Wachmanns. Der Mann brach stöhnend zusammen. Der Mann hinter ihm war alarmiert; er zog sofort seine Waffe, doch bevor er sie benutzen konnte, spürte er, wie der Lauf von Jagers Waffe gegen seine Schläfe drückte. »Das würde ich nicht tun«, sagte Jager und entriss dem Mann die Waffe, um gleich darauf den zweiten Wachmann mit einem kräftigen Schlag auszuschalten. Das Metall, das nun hart gegen seine eigene Schläfe drückte, fühlte sich kalt an. »Scheiße«, sagte Jager. Er schloss die Augen. *Wie viel Glück kann ich noch haben,* dachte er und merkte, dass es jetzt wirklich vorbei war. Er ließ beide Waffen zu Boden fallen und hob die Hände über den Kopf.

»Ohne Wenn und Aber«, sagte General Leihrt. »Ich glaube, das ist das erste Mal, dass ich denselben Mann zweimal töten kann... «

»Wer sagt, dass es ein zweites Mal funktioniert? «, fragte Gabriella Marquez.

Leihrt erschrak; er hatte nicht erwartet, dass ihn jemand von der anderen Seite des Korridors angreifen würde. Schnell manövrierte er seinen Körper hinter den von Jager Thompson und drückte den Lauf seiner Pistole noch fester gegen Jagers Schläfe. Erst jetzt sah der TIA-Kommandeur, dass Gabriella nicht allein war. Auch Gabriella versteckte sich hinter einer anderen Person.

Jager Thompson erkannte sofort die junge Frau, die Gabriella mit einer Waffe bedrohte. »Juna! «, stöhnte er. »A-aber... Gabriella? Warum? «

General Leihrt hatte sowohl Juna als auch den Bibliothekar der Library of Congress erkannt. Er ärgerte sich über die Pattsituation, in der er sich befand. »Sie werden hier nicht lebend herauskommen, Marquez«, sagte er. »Wie glauben Sie, dieses Gebäude verlassen zu können? Es wimmelt hier nur so von Wachen. «

»Wer sagt, dass ich hier wegwill? « bluffte Gabriella.

Leihrt war für einen Moment außer sich. »Wollen Sie damit sagen, dass Sie sich die ganze Mühe gemacht haben, *'ungesehen'* hierher zu kommen, um sich freiwillig abschießen zu lassen? «

»S-Siehst du... «, quiekte Jager. »Ich habe dir doch gesagt, dass sie uns auf der Spur sind. «

»Das macht nichts«, sagte Gabriella. »Ich wusste, dass wir bald entdeckt werden würden. Von den Wächtern oder von dieser beschissenen KI. Aber das spielt keine Rolle, denn ich habe bekommen, was ich wollte. « Sie drückte ihre Waffe noch etwas fester gegen Junas Kopf. Das Mädchen stöhnte ängstlich auf.

»Ich ... ich verstehe nicht«, sagte Jager. »Warum setzen Sie Junas Leben aufs Spiel? Wir sind doch hergekommen, um sie zu retten, oder? «

»*Du* bist hierhergekommen, um sie zu retten«, sagte Gabriella. »Das bin ich nicht. «

Juna wurde jetzt noch nervöser. »Daddy? «, rief sie.

Jager Thompson konnte sich nicht aus dem Griff des Generals befreien. »Süße, ich... ich... ich weiß nicht, was hier passiert. «

»Interessant«, sagte Leihrt. »Offenbar wollen Sie nicht, dass dieser Mann nicht überlebt, aber seine Tochter darf sterben? «

»Nein! «, rief Jager völlig verwirrt. »Tu es nicht! Nimm mich, nicht meine Tochter! «

Leihrt drückte seine Waffe noch fester gegen Jagers Schläfe. »Bleib ruhig«, sagte er. »AILPHA! Stütze! «

Jetzt drückte Gabriella ihre Waffe fester gegen Junas Schläfe. »Lass uns gehen«, sagte sie.

>> Ausgänge blockiert. Zusätzliche Überwachung aktiviert, << bestätigt AILPHA. >> Gabriella Marquez, du bist als eliminierbar markiert. Widerstand ist zwecklos. <<

»Holy shit«, sagte Jager. »Du ... du kannst nirgendwo hingehen, Gabriella. « Er sah die Angst in den Augen seiner Tochter. »Bitte Gabriella. Lass sie gehen. «

Anstatt seine Tochter loszulassen, drückte Gabriella Juna Thompson noch fester an sich. »Lauf«, zischte sie dem verängstigten Mädchen zu. »Leihrt! Du gehst zuerst die Treppe hoch. «

>> Ich wiederhole. Widerstand ist zwecklos. << AILPHAs Stimme klang noch bedrohlicher. Aber Gabriella lachte seinen Befehl weg.

»Sie haben die Wahl, Leihrt«, sagte Gabriella. Sie schien von AILPHAs Drohung völlig unbeeindruckt zu sein. Sie schob Juna vor sich her und ging auf das Treppenhaus zu. »Und? Was willst du denn machen? Mich erschießen? Dann musst du zuerst dieses Mädchen erschießen«, sagte sie kichernd.

Jager Thompson verstand nicht mehr. »A-aber, Gabriella ... Warum? Was willst du von Juna? «

»Ich? «, sagte Gabriella. »Ich brauche sie nicht. Aber AILPHA braucht sie. Oder? Leihrt? «

Der General schwieg.

Einen Moment lang herrschte Totenstille im Keller des Madison-Gebäudes. Bis AILPHA die Stille brach. **>> General Leihrt. Bitte sorgen Sie für einen freien Durchgang. <<**

Widerstrebend trat Leihrt rückwärts in das Treppenhaus. Jager Thompson zog ihn mit, damit er nicht direkt getroffen wurde, falls Gabriella schoss.

Das letzte, was Jager sah, war das entsetzte Gesicht seiner Tochter. Dann fiel die Tür im Treppenhaus zu.

30

Petey Ronning lenkte den Homer nach rechts, die Straße hinunter zur Tankstelle. Das Team, das auf dem Weg nach Rhyolite war, wo es den ehemaligen Präsidenten beschützen sollte, brauchte eine kleine Pause.

»Halten Sie hier, Ronning«, sagte Leutnant Cury einige Dutzend Meter vor der Tankstelle.

»Haben Sie etwas gesehen? «, fragte Ronning. Er ließ den Homer anhalten und griff nach seiner Waffe an der Tür.

Cury ließ sich nicht ablenken. Seine Augen folgten den Linien der Tankstelle, dem angrenzenden Gebäude, in dem sich die Kasse und der Shop befanden, und der unmittelbaren Umgebung der Tankstelle. Erst als er sich davon überzeugt hatte, dass niemand anwesend war, sagte er: »Fahr langsam, Petey. Yzerman, Tanguay. Steigen Sie auf der linken Seite aus, lassen Sie sich auf den Boden rollen und gehen Sie zur Rückseite des Gebäudes. «

»Roger«, sagte Tanguay, der am nächsten an der Tür saß. Während Ronning den Homer langsam in Bewegung hielt, stiegen die beiden kanadischen Soldaten aus dem Auto und rollten schnell in den Graben neben der Straße. Im Graben angekommen, krochen sie schnell und ungesehen rückwärts.

Cury hielt seine Waffe bereit, hielt sie aber so niedrig wie möglich und außer Sichtweite. »Aixa, komm runter«, sagte er zu seiner Freundin, die neben ihm auf dem Beifahrersitz saß.

Aixa ließ sich kurzerhand vom Sofa gleiten und machte sich so klein wie möglich. »Hast du etwas gesehen? «, fragte sie. »Soll ich hinter das Maschinengewehr gehen? «

»Nein, nein. Reine Vorsichtsmaßnahme«, sagte Cury. »Petey, fahr einfach weiter zum Laden. Renney... «

»Ich darf zuerst rein, oder? «, sagte Renney.

»Da Sie so freundlich fragen«, kicherte Cury. »Petey, lass den Fuß auf dem Gaspedal. «

»Oh, schön«, bemerkte Renney. Er hatte sich, soweit möglich, bereits im Laden umgesehen. »Lasst mich aber zurück, ich komme schon zurecht, falls etwas schiefgeht. « Sobald der Homer vor dem Eingang des Ladens stand, riss Renney die Tür auf, sank auf die Knie und ging gekrümmt, das Gewehr vor sich, in den Laden. Er brauchte weniger als eine Minute, um sich einen guten Überblick über die Situation zu verschaffen. »Frei! « rief er.

»Okay, Petey, warte hier. Aixa, kommst du? «

»Gerne«, sagte Aixa. Sie wollte den Homer schon verlassen, aber Ronning hielt sie auf.

»Moment mal, Fräulein. Gehen Sie nie ohne Ihre Handtasche aus. «

»Hä? «, fragte Aixa überrascht.

Ronning deutete lächelnd auf eine Pistole. »Sie können jetzt gehen. «

Aixa schnappte sich die Waffe und rannte schnell hinter Fernand Cury her, der den Laden bereits betreten hatte.

Leutnant Cury war bald mit dem Laden fertig. Die Regale waren leer, bis auf ein paar unbrauchbare und vor allem ungenießbare Produkte wie Scheibenwischer. »Renney? «, sagte Cury. Er deutete auf die Tür im hinteren Teil des Ladens, die zum Lager führte. Er stellte sich selbst vor die Tür und wartete, bis Renney daneben stand. Dann trat er die Tür ein und ließ Renney vorgehen.

»Verdammte Finsternis«, sagte Renney, als er vorsichtig hineinschaute. Er knipste die Lampe an seinem Gewehr an und überprüfte den Raum. »Frei! « rief er, bevor er hineinging. »Völlig geleert ... «

»Mein Gott, sogar hier? In diesem abgelegenen Weiler? «, sagte Cury.

Aixa war inzwischen auch drinnen und schaute sich enttäuscht um. »Tja, das war dann wohl unser Drei-Gänge-Menü. « Sie ging zu der Tür hinter der Kasse. »Vielleicht gibt es in dem kleinen Büro noch etwas anderes? «

»Hm? «, fragte Cury, der immer noch auf die leeren Regale im Lagerhaus starrte. »Was sagst du da? «, fragte er, als er erst merkte, was Aixa vorhatte. »Nein! «, rief er und rannte auf Aixa zu.

Renney steckte seinen Kopf durch die Türöffnung des Lagerhauses. Er sah, was vor sich ging, und rannte Cury hinterher.
Aixa war bereits hinter dem Tresen; sie riss die Bürotür auf, ohne nachzudenken.

»Hallo Baby! «, sagte ein Mann in einer grünen Armeeuniform. Er saß auf einem Stuhl und hatte sein Gewehr auf das Mädchen gerichtet.

»Aixa! «, schrie Cury. Mit einem Sprint und einem Sprung schaffte er es gerade noch rechtzeitig, Aixa aus der Schusslinie zu schieben. Eine Salve von Kugeln flog hinter ihnen vorbei. »Verdammt! Das war knapp! «, sagte Cury. Das Stöhnen zeigte, dass er sich geirrt hatte. Er blickte hinüber und sah, dass Renney blutend auf den Boden des Ladens gefallen war.

»Scheiße! «, schrie er. Sprang auf und rannte schießend ins kleine Büro. Der Mann auf dem Stuhl hatte keine Chance. Der Kugelregen aus Curys automatischem Gewehr durchlöcherte seinen Körper. Der Leutnant schoss weiter, bis sein Magazin leer war.

»Fernand«, rief Aixa. »Es ist vollbracht. Er war nur allein. «

Cury drehte sich um, lief zu seinem angeschlagenen Kameraden und kniete neben seinem Körper nieder. Die Wunde in Renneys Kopf ließ keinen Raum für Zweifel, nahm Cury mit einem Schlag alle Hoffnungen. »Renney, sag etwas. Renney! «, schrie er gegen sein besseres Wissen.

Eine neue Salve von Kugeln zertrümmerte die Fenster an der Seite des Ladens. Glasscherben flogen umher, während die Kugeln rasend schnell über Curys Kopf hinwegflogen. Schnell ließ er sich auf den Bauch fallen und kroch über den Boden zurück zum Tresen.

Hinter dem Tresen kauerte Aixa. Sie hielt ihre Waffe über den Tresen und feuerte wahllos.

»Tu es nicht«, sagte Cury. »Spart eure Kugeln. «

»Was soll ich dann tun? «

»Ich warte darauf, dass sie näherkommen«, sagte Cury. Er hörte das schwere Geräusch der Homer. Er hörte, wie Ronning beschleunigte und den Homer auf die Kanoniere zusteuerte.

»Warte hier«, sagte er zu Aixa. »Ich werde sehen, ob ich helfen kann. «

»Fer? «

Cury wartete noch einen Moment. »Ja? «

»Ist er tot? «

»Renney? «

Aixa nickte.

Cury nickte zurück. Seine Unterlippe zitterte, sein Atem war unregelmäßig. »Ich hole sie, die Scheißkerle... «, sagte er, bevor er Aixa allein ließ.

Draußen ertönte eine schwere Explosion, gefolgt von einem dumpfen Schlag, der den Boden bis zum Tankstellenshop erschütterte.

Unmittelbar danach ertönten Schreie. Schmerzhafte Schreie von Menschen, die schwer verletzt wurden....

Cury hatte sich hinter eine Mauer geduckt. Vorsichtig spähte er nach draußen, um zu sehen, was da los war. Dort sah er zu seiner Überraschung zwei Homer. Einer stand, der andere lag auf dem Kopf, dort, wo vorher eine Pumpe gestanden hatte. Meterweit schossen Flammen aus dem Boden. Der unterirdische Tank enthielt offenbar noch mehr als genug Treibstoff, der nun blitzschnell in Rauch aufging. Er hatte keine Ahnung, welcher Homer derjenige war, in dem Ronning saß, und wer der zweite Homer war. Aber wer auch immer in dem umgestürzten Homer gesessen hatte, hatte keine Chance gehabt. »Was zum Teufel? «, sagte Cury. »Wo kommt *das denn* her? «

31

General Atherton holte eine Zigarre aus ihrer Brusttasche und zündete sie an, ohne nachzudenken. »Haben wir Flugabwehrkanonen auf dem Dach? «, fragte sie Major Williamson.

»Nein, natürlich nicht«, sagte der Major. »Das wäre doch viel zu auffällig. «

»Zu auffällig? Du meinst, sie könnten uns dann entdecken? «, brummte Atherton. »So wie jetzt? Nein, das glaube ich nicht. Eric hat sich bestimmt etwas einfallen lassen, falls so etwas jetzt passiert. «

»Tut mir leid, General. Davon hat er mir nie etwas erzählt. Ich fürchte, wir haben nichts, um diese Kampfdrohnen auszuschalten. «

Misty Atherton blies Williamson eine dicke Wolke Zigarrenrauch ins Gesicht. »Nichts auf dem Dach, meinst du. In der Werkstatt lagern noch alte Geräte, mit denen wir die fliegenden Barker vom Himmel holen können. «

»Ja«, sagte der Major und blies sich den Rauch aus dem Gesicht. »Aber im Moment ist dort niemand. Alle sind bereits evakuiert worden, alle sind unter der Erde, hier im Bunker«.

»Was - Oberst Ndidi hatte doch versprochen, dass er und seine Männer im Falle eines Angriffs direkt in die Werkstatt gehen würden? «

»Ja, aber der Oberst ist auf dem Weg nach Rhyolite. Auf Ihren Wunsch hin, General. Weil Sie Leutnant Cury nicht trauen.«

»Ja, das weiß ich. Aber nur weil *er* hinter Cury her ist, heißt das nicht, dass seine Männer alle mit ihm gegangen sind, oder? Oder etwa doch?«

»Ich...«

»Nein. Das meinst du nicht ernst!« Misty war wütend. »Was sind das für wertlose Absprachen? Er hat zugestimmt. Es war Teil unseres Plans!«

»Ich weiß, General. Aber er und seine Männer sind weg. Alle von ihnen.«

»Alle von ihnen? *Wirklich* alle von ihnen?«

»Aha«, sagte Williamson.

»Major, das sind über dreißig Männer. Die können doch nicht alle in einen Homer passen?«

»Nein.« Williamson sah sich um. Die drei Männer standen immer noch da, aber keiner von ihnen wagte etwas zu sagen. »Nein. Das ist richtig. Sie haben zwei Homer und zwei Pick-up-Trucks mitgenommen.«

Misty ließ sich auf den Schreibtisch sinken. »Sie haben was? Haben sie die Kleintransporter mitgenommen? Ist der Kerl verrückt geworden? Nur die Homer sind mit Tarntechnologie ausgestattet. Diese Pick-ups werden AILPHA im Handumdrehen haben.« Sie schüttelte ungläubig den Kopf. »Die sind am Arsch, Williamson.«

»Das ist nicht nötig«, sagte Williamson. »Aber in diesem Fall haben wir eine Erklärung.«

»Ich kann dir nicht folgen«, sagte Misty.

»Was, wenn Oberst Ndidi der Spitzel ist? Das scheint nicht unwahrscheinlich, jetzt wo er und seine Männer weg sind. Gerade noch rechtzeitig, um nicht Zeuge dieses Angriffs zu werden? Wenn das der Fall ist, dann bin ich sicher, dass er einen Freifahrtschein erhalten hat.«

»Scheiße. Wie konnte ich nur so dumm sein?«, sagte Misty. »Warum habe ich das nicht früher gemerkt?«

Williamson legte ihr die Hand auf die Schulter. »General. Niemand hat das gesehen. Seien Sie also nicht böse auf sich.«

Misty ergriff Williamsons Hand. »Bradley. Was haben wir getan? Wir haben einen Verräter losgeschickt, um Curys Männer abzufangen, nur weil ich dem Leutnant nicht getraut habe. Dreißig Mann gegen Cury und sein Team. Das ist eine beschlossene Sache, Bradley.«

Williamson machte undeutliche Gesten, konnte aber kein sinnvolles Wort sagen.

»Und das bedeutet auch, dass Präsident Chestwright in Gefahr ist. Es sei denn... Gibt es eine Möglichkeit, Cury zu erreichen? Oder Quade?«

»Nein«, sagte Williamson. »Nicht ohne unsere Position zu verraten.«

»OK, was haben wir also?«, fragte Atherton.

»Was wir haben, General, ist der stärkste Bunker, der je gebaut wurde. Diese Kampfdrohnen können die alte Schule komplett zerstören, platt machen, auslöschen... Das macht für uns keinen Unterschied. Dieser Bunker ist unantastbar. Und wenn es keine Reaktion gibt, nichts passiert, werden sie denken, dass da nichts im Untergrund versteckt ist. Sie werden denken, sie hätten einen Fehler gemacht.« Williamson sah Atherton an. »Und das war die ganze Idee hinter dem Bau des Pentwogon. Ein sicheres Haus für diejenigen, die hier leben und arbeiten.«

»Ja, ich weiß, aber... «

»Aber das Blut fängt an zu jucken. Sie wollen einen Gegenangriff, nicht wahr? «, sagte Williamson. »Hören Sie, General, ich wollte nur, dass wir den Heckenschützen so schnell wie möglich ausschalten. Sie haben mich davon abgehalten, etwas zu unternehmen. Und das zu Recht, denn wie wir jetzt wissen, gibt es weitere Bedrohungen. Und es ist klar, dass jemand unseren Standort verraten hat. Vielleicht Dacia, vielleicht Ndidi. Unter Druck gesetzt oder nicht; aber der Standort wurde verraten. Im Moment müssen wir uns an unseren ursprünglichen Plan halten. Bleiben Sie ruhig, reagieren Sie nicht, tun Sie so, als wäre niemand hier. Die Angreifer werden enttäuscht abziehen, denn hier gibt es weder für sie noch für AILPHA in der weiteren Umgebung etwas zu holen. Danach können wir versuchen, eine Nachricht an unsere Leute in Rhyolite zu schicken. «

»Warum warten? Egal, ob wir es jetzt tun oder nachdem die TIA-Bande weg ist, sobald wir eine Nachricht senden, wird AILPHA unser Signal auffangen und unseren Standort verraten. «

»Das denke ich auch. Deshalb sollten wir unsere Botschaft nicht vom Pentwogon aussenden, sondern von einem anderen Ort, damit AILPHA falsche Informationen erhält. «

»Wie denn, Bradley? Wie kommen wir hier ungesehen raus? Denn du weißt genauso gut wie ich, dass AILPHA diesen Ort von nun an im Auge behalten wird. Selbst wenn er die Schule dem Erdboden gleichmacht. «

Major Williamson lehnte sich zufrieden zurück und zeigte auf die Decke des kleinen Büros. »Erics Hobby«, sagte er. »In seiner Sammlung von Hobbydrohnen, die hier hängt, ist bestimmt eine nützliche dabei, um eine Nachricht aus sicherer Entfernung zu senden. «

Misty nickte zustimmend. »Siehst du. Selbst ohne es zu wissen, weiß er, wie er uns helfen kann. «

32

»Mach die Tür auf«, sagte Gabriella zu Juna Thompson. Sie hielt Jagers Tochter immer noch mit vorgehaltener Waffe fest. Der Lauf ihrer Pistole, fest gegen die Schläfe des Mädchens gepresst, verursachte einen roten Fleck auf Junas Gesicht.

Zitternd öffnete Juna die Tür zum Treppenhaus im Keller des Madison-Gebäudes. Sie fürchtete sich vor dem, was sie hinter der Tür erwartete.

Gabriella spürte ihre Angst. »Sei versichert, dass sie dich nicht erschießen werden, Juna. AILPHA braucht dich, also werden sie dich um jeden Preis am Leben erhalten. «

Auf der Treppe, die nach oben führte, stand TIA-General Leihrt versteckt hinter Jager Thompson.

»Geh weiter! «, sagte Gabriella barsch.

Leihrt war froh, dass er kleiner war als seine Geisel. Jetzt konnte er sich langsam rückwärts herantasten, ohne dass Gabriella eine Chance hatte, ihn zu treffen. Es sei denn, sie wäre so grausam, eine Kugel direkt durch Jagers Körper zu jagen und damit auch Leihrt zu treffen. Aber so schätzte er die Bibliothekarin nicht ein.

»Okay, Juna. Die Treppe hoch«, sagte Gabriella. Sie stellte sicher, dass Leihrt keine Chance hatte, sie zu schlagen, ohne Juna zu verletzen. »Leihrt, ich höre Wachen, die sich nähern. Hinter mir im Korridor. Sagen Sie ihnen, sie sollen dortbleiben!

« Sie drückte die Waffe noch tiefer in Junas Haut. Das Mädchen stöhnte vor Angst auf.

Leihrt wartete für Jägers Geschmack zu lange. Er konnte es nicht ertragen, dass sein Mädchen gefangen gehalten wurde. »Beeil dich, Arschloch! Rufen Sie Ihre Wachen. Schick sie weg! «

»Vergessen Sie nicht, wer hier wen mit der Waffe in der Hand hat, Dreckschwanz«, knurrte Leihrt. Doch er sah ein, dass er keine Wahl hatte. »Männer. Bleibt im Korridor. Betreten Sie nicht das Treppenhaus! «

Gabriella hörte am Schlurfen der Stiefel, dass die Wachen im Korridor blieben. »Ich danke Ihnen, General. Sollen wir jetzt das Tempo erhöhen? «

»Hast du Angst, dass du zum Abendessen nicht zu Hause bist? «, sagte Leihrt sarkastisch. Trotzdem ging er ein wenig schneller. Nach jedem Schritt zog er Jager nach oben. So lange, bis sie oben an der Treppe angekommen waren.

»Mach langsam die Tür auf«, sagte Gabriella. »Und schick jeden weg, der in diesem Gang auf uns wartet. «

Leihrt lachte höhnisch. »Für jemanden, der seine Nase immer in den Büchern hat, sind Sie ganz schön clever«, bemerkte er.

»Sagen wir einfach, ich mag keine Überraschungspartys«, bemerkte Gabriella.

Bevor Leihrt die Tür öffnete, rief er laut. »Leihrt hier. Ich komme jetzt raus. Alle raus. Macht den Gang frei! « Er wartete, bis er keine Schritte mehr hörte. Er öffnete langsam und schaute erst einmal schnell nach links und rechts, nur um sicher zu gehen. Er hatte nicht die Absicht, seinen eigenen Scharfschützen zum Opfer zu fallen. »Okay Thompson. Los geht's. « Er zog Jager mit in den Korridor und wollte gerade hindurchgehen. Doch Gabriella hielt ihn auf.

»Lass Thompson die Tür aufhalten! « rief sie. Sie wartete, um sicherzustellen, dass Leihrt tat, was sie ihm befahl. »Okay, Mädchen, geh weiter«, sagte sie zu Juna. Im Türrahmen hielt sie sie auf. »Ist der Korridor leer? «, fragte sie.

Juna warf einen flüchtigen Blick darauf. »Leer«, sagte sie. »Bis auf meinen Vater und diesen General. «

»Gut. Dann werden wir langsam vorgehen. Einen Schritt nach rechts, dann warten«, sagte Gabriella. Im Korridor angekommen, zog sie Juna langsam rückwärts. »Leihrt, folgt mir! «

Die letzten Meter in die Freiheit kamen ihnen wie eine Ewigkeit vor. Gabriella hatte bemerkt, dass einige Wachen in einigem Abstand hinter Leihrt standen und ihnen folgten. Sie war froh, endlich wieder an der Stelle zu sein, an der sie mit Jager und drei anderen das Madison-Gebäude betreten hatte. »AILPHA«, rief sie. »Stellt sicher, dass niemand draußen ist. Sorge dafür, dass wir hier ohne Probleme rauskommen. «

Von der KI kam keine Antwort.

»Was glauben Sie denn? « fragte Leihrt. »Dass AILPHA Befehle von Ihnen annimmt? «

»Nein? «, fragte Gabriella. »Ist es einer dieser typischen Macho-Typen, die sich von Frauen nichts sagen lassen? «

Leihrt schnaubte entrüstet. »AILPHA steht darüber. «

»Schön. Sagen Sie ihm dann, dass ich eine Freikarte möchte? «

»Was ist mit dem Mädchen? «, fragte Leihrt. »Ich kann dich nicht mit ihr gehen lassen. «

»Ich werde sie gehen lassen, wenn wir in sicherer Entfernung sind«, sagte Gabriella.

»Glaubst du, dass ich ... dass AILPHA damit zufrieden sein wird? «, sagte Leihrt scharf. »Du kannst gehen, aber sie bleibt hier! «

Jager schüttelte vehement den Kopf: „Nein". »Tun Sie es nicht, Gabriella. Nimm sie mit. Sorge dafür, dass sie frei ist. Mein Leben ist sowieso vorbei. «

»Nein, Daddy! «, schrie Juna. »Ich... Du darfst nicht sterben. «

Gabriella bewahrte ihre Fassung. »Wir gehen nach draußen, Leihrt. Juna und ich und du und Thompson. Der Rest deiner schießwütigen Freunde wird hierbleiben. Und sagen Sie AILPHA, dass sie draußen keine Überraschungen für mich haben soll. Ich werde ihr im Handumdrehen eine Kugel in den Kopf jagen. Verstanden? «

33

»Was glauben Sie, wer Sie sind? «, brüllte Leihrt. Er hatte nicht die Absicht, Jager und Juna Thompson nach draußen gehen zu lassen.

>> **General Leihrt. Tun Sie, was Marquez verlangt. Frau Marquez, es ist niemand draußen. Sie können ohne Gefahr nach draußen gehen. Einhundert Meter vor dem Madison-Gebäude lassen Sie Juna Thompson gehen. Danach kann ich Ihnen keinen sicheren Ausgang mehr garantieren. <<** AILPHAs Kommentar war für Leihrt unerwartet. Aber sein Befehl war unmissverständlich. Das Mädchen war ihm offenbar wirklich viel wert.

»Ah, sieh mal einer an. Hat AILPHA doch noch auf mich gehört«, sagte Gabriella. Sie beschloss, nicht länger drinnen zu bleiben. Sie zog Juna mit zum Behinderteneingang. Erst dort bemerkte sie, dass sie ihre Zugangskarte nicht mehr hatte. »AILPHA«, sagte sie, »mach die verdammte Tür auf! «

»Na, na, was für eine Sprache für so eine nette Dame«, sagte Leihrt.

AILPHA antwortete auf Gabriellas Ruf und öffnete die Tür.

Gabriella zog Juna mit sich hinaus. »Lass Thompson gehen, Leihrt. Du bleibst drinnen! «

»Das hätte ich nicht gedacht«, sagte Leihrt wütend. »Sie können hier nicht alles entscheiden, Lady! «

»Vergiss Gabriella, vergiss es«, sagte Jager. »Nimm Juna mit. Wenn sie in Sicherheit ist, habe ich kein Problem damit. «

»Halt die Klappe! « knurrte Leihrt. »Weder du noch sie entscheiden, was hier passiert! «

>> General Leihrt. Lassen Sie Thompson gehen. << AILPHA war kurz, aber deutlich.

»Ah, General... «, sagte Gabriella abschätzig. »Sagt dir dein strenger Meister jetzt, was du zu tun hast? «

Widerstrebend schob Leihrt seine Geisel hinaus. Er ließ Gabriella keine Gelegenheit, auf ihn zu schießen, und tauchte sofort zur Seite, um sich hinter einer Mauer zu verstecken.

Jager Thompson war nun zu seiner eigenen Überraschung wieder draußen. Er rieb sich die wunde Stelle, an der Leihrt ihm die ganze Zeit den Lauf seiner Waffe an den Kopf gedrückt hatte. »Ich ... ich kann nicht glauben, dass wir ... dass AILPHA uns einfach gehen lässt? «

»Das tut er auch nicht, Thompson. Kommen Sie. Wir müssen so schnell wie möglich von hier verschwinden. « Sie ging weiter rückwärts und hielt Juna mit der Waffe in der Hand.

»Warum lässt du sie nicht los? «, fragte Jager. Er sah, dass Juna immer noch verängstigt aussah. »Beruhige dich, Kleines. Du bist jetzt in Sicherheit. Alles wird wieder gut. «

»Nein Jager«, sagte Gabriella. »Du verstehst immer noch nichts, oder? « Sie sah sich um. »Bist du unverletzt? «, rief sie in Richtung einiger Büsche.

»Ja. Die Umgebung ist sicher. Kommen Sie«, rief Gianna.

Jager Thompson war verblüfft. »Ist das Gianna? «

»Ja. Was dachtest du denn, dass ich sie auf eine Mission schicke, ohne die Möglichkeit zur Flucht? « Sie begann schneller zu gehen, so dass Juna ein paar Mal fast gestolpert wäre. Etwa hundert Meter vor dem Madison-Gebäude blieb sie stehen.

»Worauf wartet ihr noch? «, fragte Jager. »Lass sie jetzt frei, dann können wir viel schneller fliehen. « Gabriella antwortete nicht. Sie schaute an ihm vorbei zu der Stelle, von der sie gerade gekommen waren. Nun blickte auch Jager zurück. Er sah, dass sich die Tür zum Behinderteneingang des Madisons öffnete. Mehrere Wachen traten heraus, blieben aber vor dem Eingang stehen. »Scheiße! Gabriella, wir müssen jetzt gehen! Lass Juna frei, dann ... «

»Nein. «

»Was? Ich ... Warum lässt du sie nicht gehen? «, fragte Jager verwirrt über Gabriellas Verhalten.

»Warten Sie«, sagte sie. Sie rief ihre drei Gefolgsleute, die zuvor die Wachen von Madison abgelenkt hatten.

»Ja, alles sicher. Komm schon«, rief Gianna.

»Okay. Hör gut zu, Thompson. Du und ich werden bald von hier weglaufen. Juna wird hierbleiben. «

»Was? «, hupte Jager. »Hast du den Verstand verloren? Wir sind hier reingegangen, um sie zu befreien! «

»Das war deine Meinung«, sagte Gabriella. »Juna und ich haben dazu jeweils unsere eigene Meinung, nicht wahr? Juna? «

Jager schaute entgeistert auf seine Tochter, die immer noch von Gabriella festgehalten wurde.

Juna hatte Tränen in den Augen. »Tut mir leid, Papa... «

»Was tut Ihnen leid? Das verstehe ich nicht. « Jager fing fast an zu weinen. Er griff nach der Hand seiner Tochter. »Sag mir, dass es nicht wahr ist. Juna? Du willst doch nicht ...? «

Juna nickte langsam mit dem Kopf. »Ich ... habe ... mich für AILPHA entschieden, Dad. «

»A-aber warum? «, rief Jager verzweifelt. »Sie haben Mutti getötet. Sie haben Mutti kaltblütig umgebracht, Juna! Und dieser Bastard Leihrt hatte mich im White House zum Sterben zurückgelassen. Warum hast du sie gewählt? «

»Weil sie mir ein sicheres Leben garantieren können«, sagte Juna unter Tränen. »Ich will nicht in Ungewissheit leben, Papa. Du doch auch nicht, oder? «

Jager Thompson sah Gabriella wütend an. »Und Sie wussten davon, bevor wir reingegangen sind? «

Gabriella Marquez blickte geradeaus und beobachtete die Wachen der Madison, die immer noch am behindertengerechten Eingang des Gebäudes warteten. »Ja, Thompson. Ich weiß, was sie beschlossen hat. Und ich weiß auch, warum AILPHA sie braucht. «

»Aber warum dann der ganze Ärger? Wir nehmen sie mit, sie ist frei und jetzt, jetzt lassen wir sie hier, damit sie zu den Überläufern zurückgeht. «

Gabriella klopfte auf den Rucksack, den sie trug. »Ich habe zuerst etwas anderes mitgenommen. Juna war unser Joker. Unser Ticket, um lebend aus dem Gebäude zu kommen. «

»Du hast mich benutzt. Du hast *uns benutzt*! «, sagte Jager.

»Wenn Sie das so sehen wollen«, sagte Gabriella. »Aber du bist sicher, Thompson. Du kannst gehen, wohin du willst. « Sie ließ ihre Waffe sinken und ließ Juna los. »Du auch. Du kannst hierbleiben. Darauf warten, dass AILPHA nach dir schickt. Aber du kannst auch mit uns kommen, Juna. «

Juna Thompson war erleichtert, dass die Waffe nicht mehr auf ihr Gesicht gerichtet war. »Was soll's, Gabriella? Wir hatten diese Diskussion schon einmal. Bevor du geflohen bist«, sagte Juna. »Ich bin geblieben. Und ich will immer noch bleiben. Fliehen ist sinnlos, Gabriella. AILPHA wird mich weiter verfolgen. Er braucht mich. «

»Ja. Trotzdem«, sagte Gabriella.

»Ich verstehe das nicht«, sagte Jager. »Was hast du, dass AILPHA dich nicht gehen lässt? Warum besteht AILPHA darauf, dich am Leben zu lassen? «

Juna zuckte mit den Schultern und wollte nicht antworten.

»Das ist eine lange Geschichte, Jager«, sagte Gabriella. »Aber kurz gesagt läuft es darauf hinaus, dass die Regierung... Als wir noch eine Regierung hatten... Dass die Regierung heimlich eine Super-KI entwickelt hat, die stärker ist als AILPHA. Eine KI, die es mit AILPHA aufnehmen kann. «

»Was, und warum hat diese KI das noch nicht getan? «, fragte Jager.

»Weil die KI noch nicht aktiviert wurde. «

»Okay, jetzt bin ich völlig ratlos. Wir haben eine Waffe, mit der wir AILPHA ausschalten können, aber diese Waffe ist nicht aktiviert? Warum nicht? «

Gabriella seufzte. Sie sah, dass die Wächter von Madison ungeduldig wurden. »Weil die Regierung Garantien wollte, dass die neue KI nicht auch gegen die Menschheit rebelliert. «

Jager war perplex. »Lassen Sie mich raten... Sie können diese Garantien nicht geben? Sie bauen sie nicht ein? «

»Oh, ja. Sie können diese Sicherheitsvorkehrungen einbauen. Aber um AILPHA auszuschalten, müsste die neue KI, wie AILPHA, autonom sein und selbständig denken. Und das würde bedeuten, dass sie, wenn nötig, die eingebauten Sicherheitsvorkehrungen oder besser gesagt die Einschränkungen, die wir der KI auferlegen, umgehen könnte. Und wenn sie das getan hat, dann ist der Geist aus der Flasche«.

»Dann ist die KI unkontrollierbar, genau wie AILPHA«, sagte Jager.

»Du verstehst das Problem«, sagte Gabriella.

»Sollten... Wäre es nicht besser, die KI doch noch zu aktivieren? «, fragte Jager. »Schlimmer als jetzt kann es doch nicht mehr werden, oder? «

»Selbst wenn wir das wollten, Thompson. Die Leute, die das Programm genehmigen müssen, oder es aktivieren, die... « Gabriella verstummte.

Jager spürte bereits den Druck. »Nein! Sind sie ... tot? «

Gabriella zuckte mit den Schultern. »Bis auf zwei. Aber diese beiden sind spurlos verschwunden. « Sie sah, dass die Wachen nun langsam in ihre Richtung kamen. »Okay, wir müssen jetzt wirklich los. Juna? Zum letzten Mal, was machst du da? Letzte Chance! «

»Warte! Lass mich«, sagte Jager und packte Juna an den Schultern. »Juna, Süße, tu mir das nicht an. Ich muss schon Mami vermissen, ich will dich nicht auch noch verlieren. Bitte, Juna. Komm mit mir! «

»Ich kann nicht, Papa«, sagte Juna zitternd und weinend.

»Aber warum dann? Warum braucht AILPHA dich dann? Warum glaubst du, dass du bei ihm sicher bist? Sicherer als bei uns? «

Gabriella nahm die Hände von Jager von den Schultern seiner Tochter. »Weil AILPHA jetzt in den Besitz einer Kopie der verbesserten Version gekommen ist und Ihre Tochter diejenige ist, die die verbesserte KI für AILPHA seziert. «

Jägers Augen wurden groß. »Was sagst du jetzt? Juna? Das kann doch nicht wahr sein, oder? Bist du diejenige, die AILPHA hilft, seinen einzigen Gegner zu... demontieren? «

Juna wagte es nicht, ihren Vater noch einmal anzusehen. »Vielleicht solltest du lieber fragen, warum genau sie diejenige ist, die das tun muss. Warum AILPHA das nicht selbst machen kann«, sagte Gabriella. »Aber darauf werde ich nicht warten. Die Wachen werden ungeduldig und ich werde nicht hierbleiben und auf sie warten. «

Jager Thompson war hin- und hergerissen. »Juna? Bitte! Komm mit mir... «

Jetzt war es Juna, die ihren Vater festhielt. »Daddy, ich kann nicht. Aber du kannst bei mir bleiben. «

»Gabriella! «, rief man aus sicherer Entfernung. »Wir *müssen* weg. *Jetzt!* «

»Du hast es gehört«, sagte Gabriella. »Ich gehe ja schon. Tu, was du nicht lassen kannst, Thompson. « Sie wartete nicht einmal auf seine Antwort, sondern ging sofort weg.

Jager Thompson wusste nicht mehr, was er tun sollte. Er wagte es nicht, sich aus den Händen seiner Tochter zu reißen.

Gabriella wurde von Gianna empfangen. »Kommen sie nicht mit uns? «, fragte sie. »Keiner von beiden? «

»Nein«, sagte Gabriella. Sie klopfte auf ihren Rucksack. »Ich habe eine Kopie der AI2-Datei, also werde ich nicht länger auf sie warten. Ich bin sicher, dass AILPHA uns nicht damit durchgehen lassen wird. Die Jagd auf uns ist eröffnet. «

Gianna nickte. »Okay. Wir haben einen Fluchtweg geplant und... «

Ein Schuss ertönte.

Eine Aufnahme.

Gefolgt von einem Schrei.

Die beiden Frauen waren stehen geblieben. Gabriella schloss ihre Augen. Das Geräusch und der Schrei des Mädchens durchdrangen sie bis ins Mark.

»Ist... ist das... was ich denke, dass es ist? «, fragte Gianna.

»Ich fürchte ja«, sagte Gabriella mit einem Kloß im Hals. »Ich... ich hätte es selbst nicht getan, aber ich verstehe dich. Ruhe in Frieden, Thompson... « Sie sah Gianna mit tränenverschleierten Augen an. »Okay. Zeig mir den Weg. «

34

»Kapitän? Kapitän! « Der TIA-Offizier musste ein paar Mal rufen, bevor Elijah Gauff, der gerade zum Kapitän befördert worden war, antwortete.

»Ja? «, sagte er unwirsch.

»Wir haben Messungen vorgenommen. Es scheint niemand in dem alten Schulgebäude zu sein. «

»Hmmhmm. «

»Und? Was werden wir tun, Captain? «, fragte TIA-Agent Fernsby.

Gauff klopfte an seinen Helm. »AILPHA. Status Kisatchie High School? «

>> Oberirdische Nullmessung, << antwortete AILPHA direkt.

»Ich hab's ja gesagt«, sagte der Offizier, der neben Gauff stand, der die Nachricht von AILPHA erhalten hatte.

Gauff ignorierte seine Bemerkung. »Und ... unter der Erde? «

>> Unzureichende Daten, << gab AILPHA an.

Hauptmann Gauff starrte auf das verlassene Schulgebäude. »Wenn dieser Bastard Ndidi uns betrogen hat, werde ich persönlich nach ihm suchen und ihn an seinen Eiern aufhängen. «

»Kapitän? «, fragte der Offizier neben ihm. »Was meinen Sie?«

Gauff holte tief Luft, bevor er antwortete. »Wir haben einen Hinweis von Oberst Ndidi erhalten. Im Austausch für freies Geleit. Er ist derjenige, der uns diesen Ort vermittelt hat. Hier soll sich ein Stützpunkt befinden. Aber wenn selbst AILPHA hier kein Lebenszeichen aufspüren kann? Dann bezweifle ich, dass Ndidi die Wahrheit gesagt hat, Fernsby. «

»Aber wir haben doch diese Brieftaube gefangen, oder? «, sagte Fernsby. »Die gleiche Taube, die Addicott hier auf dem Dach gesehen hat? «

»Ja. Das war die Bestätigung, dass es hier Menschen gibt. Aber wenn sowohl wir als auch AILPHA nichts messen können. Keine Menschen, nicht einmal eine Bewegung registrieren können? Dann sind die Chancen, dass Ndidis Geschichte wahr ist, ziemlich gering. «

»Soll ich Addicott anrufen und noch einmal fragen, was er gesehen hat oder zu sehen glaubte, als er schoss? «

Gauff nickte kurz, woraufhin sich Fernsby an Addicott wandte, den Scharfschützen, der sich auf der anderen Seite des Gebäudes versteckte.

Addicott antwortete über die Gegensprechanlage, so dass jeder die Antwort hören konnte. »Ich sah, wie ein Mann das Dachbodenfenster öffnete, damit eine Brieftaube hineinkam. Bevor ich schießen konnte, war er weg. Aber wenig später sah ich eine Frau, die versuchte, die Lamellen zu schließen. Ich schoss auf sie. Ich glaube, ich habe sie getroffen. Aber nach dem Schuss habe ich niemanden mehr gesehen. «

»Und deshalb hättest du deine Bodycam einschalten sollen, Arschloch«, knurrte Gauff. »Jetzt kann AILPHA nichts mehr tun. Er hat keine Bilder zum Anschauen. « Er schnaubte laut.

»Gut. Also ein Mann und eine Frau«, sagte Gauff. »Und einer von beiden ist verletzt. Warum nehmen wir dann nichts auf?« Er tippte erneut auf seinen Helm. »AILPHA, Erlaubnis zur Durchsuchung der Schule.«

>> **Erlaubt.** << Die Antwort war kurz und klar.

»Tut mir leid, Kapitän«, sagte Fernsby. »Aber brauchen wir dafür wirklich eine Erlaubnis? Können wir das nicht selbst entscheiden?«

»Oh ja«, sagte Gauff. »Das darf ich selbst entscheiden. Aber wenn AILPHA von nichts weiß, könnte er beschließen, die Kampfdrohnen, die noch immer über der Schule kreisen, das Gebäude dem Erdboden gleichmachen zu lassen.« Er pfiff auf seinen Fingern und machte eine kreisende Bewegung mit seinem Arm als Zeichen, dass sich alle bei ihm melden sollten. »Und in diesem Fall wäre ich lieber nicht da drin, Fernsby.«

»Ähm, nein. Das verstehe ich«, sagte Fernsby. »Aber ... glaubst du wirklich, AILPHA würde uns nicht warnen?«

»*Nein*«, sagte Gauff und schenkte Fernsby keine weitere Beachtung. »Männer! Ich will drei Teams drinnen haben. Fernsby, Davidson und Bainbridge, ihr durchsucht die Schule. Witherington, Sie und Ihr Team bleiben hier, vor dem Eingang.« Er tippt auf seinen Helm. »Hughes, Sie und Ihr Team bleiben im hinteren Bereich. Achten Sie darauf, dass keine Ratten herausschießen. Okay, worauf wartet ihr noch? Los, los, los!«

Drei Teams mit je drei Männern betraten das Schulgebäude. Fünfzehn Minuten später war das Gebäude durchsucht worden. Zwei Teams hatten bereits das Signal „Clear" gegeben; das dritte Team unter der Leitung von Bainbridge hatte die Voliere mit Tauben auf dem Dachboden gefunden.

»Gibt es irgendwelche Nachrichten, Bainbridge?«

»Negativ«, sagte Bainbridge. »Aber Blutspuren. Jüngste Blutspuren. «

»Verdammt«, sagte Gauff. »Wo zum Teufel sind sie dann? Und warum können wir sie nicht sehen oder hören? «

»Kapitän? «

»Davidson, was haben Sie? «

»Eine Werkstatt, Sir. Auf der Rückseite der Schule. Verlassen, aber anscheinend noch in Gebrauch. «

»Wie kommst du darauf? «

»Der Boden ist noch sehr sauber und wurde, soweit ich das beurteilen kann, erst vor kurzem gegossen«, sagte er.

»Gegossen? «

»Ja, ein Betonboden«, sagte Davidson. »Scheint ein bisschen seltsam für ein altes, historisches Schulgebäude, das seit Jahrzehnten nicht mehr genutzt wird. «

Gauff runzelte die Stirn. »Das ... finde ich auch«, sagte er. Er wandte sich an alle seine Offiziere. »Männer, durchsucht den Boden unter dem Schulgebäude. Brecht den Boden auf, in allen Klassenzimmern! «

35

»Williamson! Sind Sie sicher, dass sie den Eingang nicht finden können?« General Atherton wurde zunehmend unruhig, da sie nun buchstäblich alle Gespräche der TIA-Agenten über ihnen in dem alten Schulgebäude verfolgen konnten.

»Das habe ich nie gesagt, General. Es ist durchaus möglich, dass sie den Eingang finden könnten. Aber ein Eindringen ist ausgeschlossen.«

»Bist du sicher?«, fragte Misty.

Williamson bekräftigte, dass niemand den Bunker betreten dürfe. »Ausgeschlossen!«, sagte er mit voller Überzeugung.

»Wenn du dich irrst, gibt es kein Zurück mehr, was?«, sagte Misty. »Im Moment können wir immer noch den Sprengstoff, den Eric angebracht hat, zur Explosion bringen. Damit können wir eine ganze Reihe von Agenten ausschalten.«

»Ja. Aber keine Kampfdrohnen.«

»Nein. Nicht das, nein«, seufzte Atherton. Sie sah sich die Bilder erneut an. In jedem Klassenzimmer war der Boden aufgerissen worden. Die TIA-Agenten hatten den unterirdischen Bunker aufgespürt, aber den Eingang noch nicht gefunden. Noch nicht. Aber auch das würde nur eine Frage der Zeit sein. Und Misty bezweifelte zunehmend, ob der Bunker dann tatsächlich die uneinnehmbare Festung sein würde, wie ihr Halbbruder Eric Neill und Major Williamson immer behauptet hatten.

*

»Wie ist das möglich? «, regte sich Gauff auf. »Warum finden sie keinen Eingang? Die müssen doch selbst irgendwo in den verdammten Bunker reinkommen können, oder nicht? « Seine Männer waren seit über einer halben Stunde am Werk. Sie hatten überall im Gebäude die Holzdielen entfernt. Und überall waren sie auf eine dicke Betonschicht gestoßen. Aber nirgends fanden sie eine Tür oder eine Luke.

»Kapitän? « meldete Officer Fernsby. »Wäre es nicht klüger, die Kampfdrohnen das Gebäude abschießen zu lassen? Dann können die Rebellen nirgendwo mehr hin. Allerdings müssen sie dann ihr Versteck verlassen. «

»Sie wollen sie ausräuchern? «, sagte Gauff.

»Ja. «

»Feuer geht nicht durch Beton, Officer Fernsby. «

»Ähm. Nein... Das nicht. Aber wenn das Schulgebäude völlig ausgebrannt ist, muss doch irgendwo ein Eingang zu sehen sein. «

»Hmm... Weißt du. Es ist seltsam, dass sie absolut nichts tun, nicht wahr? Sie fühlen sich in ihrem Keller offenbar unbesiegbar. «

»Hauptmann Gauff? «

»Davidson, sag es«, sagte Gauff.

»Wegen des Eingangs... Wir haben gerade Böden aufgebrochen. «

»Ja. Worauf wollen Sie hinaus? «

»Nun. Mir fällt auf, dass es Klassenzimmer gibt, zwischen denen ein Zwischenraum zu sein scheint. Als ob es ein weiteres Klassenzimmer oder zumindest einen Korridor zwischen diesen beiden Klassenzimmern gibt. «

»Ein Korridor? Dann muss es doch eine Tür geben, oder? «

»Ja. Aber wir haben im Erdgeschoss keine gefunden. Ich denke, wir sollten im ersten, vielleicht sogar im zweiten Stock suchen. Und ich denke, wir sollten nach versteckten Türen suchen. Oder Schranktüren. «

»Sie glauben, der Eingang ist höher? Oberhalb des Erdgeschosses? «

»Genau. «

»Das scheint mir unlogisch zu sein. «

»Genau das ist der Grund«, sagte Davidson. »Alles an der Wahl dieses Standorts ist unlogisch. Und niemand hat bemerkt, dass einige Klassenzimmer innen kleiner sind als außen«.

»Okay, da haben Sie recht. Lasst alle Wände und Schränke überprüfen«, sagte Gauff. »Warum hat Oberst Ndidi dazu nichts gesagt? «, fragte er sich laut.

»Ndidi hat gar nicht viel gesagt«, bemerkte Officer Hughes. »Ich habe ehrlich gesagt auch nicht verstanden, warum er und seine Männer einen Freifahrtschein bekommen haben. «

Gauff rannte los, um sich zu freuen. Seine Beförderung zum Hauptmann kam unerwartet, aber seine erste Aktion verlief vorerst nicht reibungslos. Er ging etwas weiter weg von Hughes und seinen Männern. »AILPHA? Was ist die Leistung der Kampfdrohnen? «

>> **Wozu brauchen Sie dieses Wissen?** *Kapitän*? <<

Sogar AILPHA schaffte es, das Wort „Kapitän" so zu betonen, dass Gauff sofort verstand, dass er seinen Standpunkt ändern musste. »Ich würde gerne wissen, ob die drei Drohnen, die über dem Schulgebäude fliegen, genug Feuerkraft haben, um einen Betonboden zu zerstören«, sagte er.

>> **Das ist möglich. Aber das Ergebnis hängt von der Dicke des Betons ab.** <<

»Genau. Das habe ich schon befürchtet. Ich habe den Verdacht, dass, auch wenn Oberst Ndidi nichts davon gesagt hat, der Bunker unter dem Schulgebäude eine extradicke Konstruktion hat. Eine extradicke Betonschicht, durch die die Munition der Drohnen nicht durchdringen kann. «

>> **Die von Oberst Ndidi vorgelegten Informationen sind in der Tat unzureichend.** << sagte AILPHA. >> **Und seine Kooperation ist zweifelhaft. Oberst Ndidi ist als Rebell gekennzeichnet. Er und seine Männer könnten eliminiert werden.** <<

Gauff musste einen Moment lang schlucken. »Willst du, dass ich ...? «

>> **Der Oberst ist aufgespürt worden. Eliminierung innerhalb von 30 Minuten.** <<

»Unsere Hilfe wird offenbar nicht benötigt«, sagte Hughes, der unerwartet hinter Gauff auftauchte.

»Was ist los, Hughes? «, fragte Gauff, der sich darüber ärgerte, dass sein Gespräch mit AILPHA von Hughes mitgehört und gestört wurde.

»Davidson hat den Eingang gefunden. Oder zumindest einen Eingang. Ein Korridor im zweiten Stock. Von dort führt eine Stahltreppe nach unten. «

Gauff zog ein munteres Gesicht. »Eine Treppe? Davidson ist hoffentlich noch nicht hinuntergestiegen? Das scheint mir ein unnötiges Risiko zu sein. «

»Er wartet auf Ihr Kommando, Kapitän. «

Kapitän Gauff wog die Möglichkeiten und Risiken ab. Schließlich beschloss er, sich beraten zu lassen. »AILPHA? Was... «

>> Videomaterial der Bodycam von Davison analysiert. Ziel bestimmt. Kampfdrohne aktiviert. <<

»Wie bitte? «, fragte Gauff verwirrt über die plötzliche Aktion von AILPHA.

>> Kampfdrohne dringt in unterirdischen Bunker ein. Zerstörung innerhalb von zwei Minuten. <<

»Scheiße, Scheiße, Scheiße ... « Gauff erkannte, dass fast alle seine Männer im Schulgebäude waren, mitten in der Gefahrenzone. »Hughes! Alle sollen rauskommen und in Deckung gehen! «

36

Leutnant Cury sah, wie die Flammen der Zapfsäule das Vordach der Tankstelle in Brand setzten. Es war nur eine Frage der Zeit, bis auch der Laden in Flammen stehen würde. »Aixa. Verschwinde von hier! Such einen Hinterausgang! «

Aixa sah sich Renneys Leiche an. »Was machen wir mit ...? «

»Raus! « brüllte Cury. Er war schon bei ihr, packte sie am Arm und zerrte sie in das kleine Büro. »Verdammt, keine Tür? «, brüllte er.

»Es ist nur eine dünne Holzwand«, sagte Aixa. »Wir können ... «

Cury wartete nicht, bis Aixa zu Ende gesprochen hatte. Er fing an, wild gegen die dünne Wand zu treten.

»Warte«, sagte Aixa. »Deine Waffe! «

»Hm? Oh! Ja... Bewegung! « Cury entleerte ein Magazin an der Wand. Die Holzwand zersplitterte, aber noch nicht genug, um sie herauszuwerfen.

»Geh zur Seite! «, wurde von draußen gerufen.

»Ich höre dich, Yzerman«, rief Cury. Er zog Aixa mit sich in die Ecke des kleinen Büros und befahl dann: »Los! «

Yzerman und Tanguay schossen zusätzliche Löcher in die Wand. »Stopp! « brüllte Yzerman. Er ging ein paar Schritte zurück, nahm einen Sprint auf und warf sich mit seinem ganzen Gewicht gegen die ramponierte Wand. Mitsamt der Wand rollte er in das kleine Büro. »Raus hier! « rief er Cury und Aixa zu. Bevor er selbst hinausging, warf Yzerman einen kurzen Blick in den Laden. Er sah den erschossenen Mann im Bürostuhl und weiter unten im Laden die Leiche von Renney. »Scheiße! «, fluchte er innerlich.

Sobald Cury draußen war, fragte er Tanguay nach dem Stand der Dinge. »Ronning? «

Tanguay zuckte mit den Schultern. »Ich weiß es nicht. «

»Scheiße. Und der zweite Homer? Ist Ndidi hier? «

»Ich weiß es nicht«, sagte Tanguay. »Wir waren gerade auf dem Weg zur Rückseite des Gebäudes, als wir den Homer wegfahren sahen. Sie hatten sich hinter der Tankstelle versteckt. «

»Verdammt, woher sollen wir dann wissen, ob Ronning noch lebt? Ob es unser Homer ist, der noch steht? « Zur gleichen Zeit hörten sie ein Auto, das heftig rückwärtsfuhr.

»Nun, das werden wir bald herausfinden«, sagte Yzerman. Er machte sich schon bereit, auf den Homer zu schießen.

»Warte! «, sagte Aixa. »Da hinten ist ein Maschinengewehr.«

»Ja, das kann ich sehen. «

»Dann ist es unser Homer. «

»Wie... Wie kommst du darauf? «, fragte Yzerman.

»Weil ich weiß, dass Eric nicht genug Zeit hatte, um alle drei Homer mit einem Maschinengewehr auszustatten«, sagte Aixa. »Deshalb haben wir den ersten Prototyp bekommen. « Sie lief auf den Homer zu und winkte dem Fahrer zu.

Ronning bemerkte sie sofort, fuhr schnell auf seine Kumpels zu und hielt direkt vor ihnen an. »Steig ein! « rief er. »Sie kommen! «

Die ersten Kugeln prallten bereits an dem gepanzerten Wagen ab. Yzerman und Tanguay tauchten in den hinteren Teil der Kabine ab; Cury riss die Vordertür auf, um Aixa hineinzulassen, als er über all den Schüssen und dem Knistern des Feuers ein anderes Geräusch hörte. Er blickte auf. Er sah, was sie erwartete. Er schob Aixa hinein und schrie: »Raus, Ronning! Kampfdrohnen! «

»Wie viel? «, fragte Yzerman. Ronning fuhr mit Vollgas los; Yzerman musste sich festhalten, um nicht umzufallen.

»Drei oder vier«, sagte Cury.

»Wir müssen sie aus dem Himmel schießen«, sagte Yzerman.

»Bist du verrückt? Hier anzuhalten, würde uns umbringen. Weißt du überhaupt, welche Feuerkraft diese Kampfdrohnen haben? «

»Genau deshalb, Fernand. Wenn wir nichts tun, werden sie uns weiter verfolgen. «

»Lass mich das machen«, sagte Aixa. »Ich bin die Einzige, die weiß, wie das Maschinengewehr funktioniert. «

»Nichts von alledem«, sagte Cury. »Ich werde Ihr Leben nicht... «

Der Homer kam quietschend zum Stehen. »Los! «, sagte Ronning zu Aixa. »Steven hat recht. Wenn wir nichts tun, werden uns diese Drohnen weiter verfolgen; und wenn sie erst einmal wissen, wo wir sind, nützt auch die Tarnkappentechnik nichts mehr. «

Aixa ließ kein Gras über sie wachsen. Sie kletterte direkt über den Vordersitz auf die Rückbank. Yzerman und Tanguay hoben sie hoch und schoben sie durch die zertrümmerte Heckscheibe, so dass sie innerhalb von Sekunden wieder dort war, wo sie vorhin auch ihr Können gezeigt hatte. Als sie sich anschnallte, flog eine Kugel haarscharf an ihr vorbei. »Yzerman, Tanguay! Hältst du diese Bastarde am Boden auf Trab? Ich kümmere mich um die Drohnen. «

»Nein! Verdammt noch mal«, brüllte Cury. Wütend, dass Aixa nicht auf ihn gehört hatte. »Yzerman, du bleibst hier. Pass auf, dass niemand sie anrührt. Tanguay, du und ich, wir steigen aus«, rief er. »Ronning, fahren Sie! «

Tanguay und Cury stiegen aus dem Auto, rollten sich sofort auf den Bauch und krochen zu einer Stelle, die ihnen Schutz bot, und eröffneten dann sofort das Feuer auf Ndidis Männer.

Als Aixa begann, auf die Drohnen zu schießen, ertönten aus der brennenden Tankstelle Rufe: »Feuer einstellen! «

»Das ist Ndidi«, sagte Cury. »Er wählt Eier für sein Geld. Lasst uns die Kastanien aus dem Feuer nehmen. «

»Eine kluge Entscheidung«, sagte Tanguay, der einige Meter entfernt stand. »Deine Aixa ist eine Superfrau! «

Cury beobachtete besorgt, wie die Drohnen Homer folgten. »Im Moment ist sie eher ein Superziel«, sagte er.

37

»Folge der Straße, Ronning! « rief Aixa aus dem Laderaum. »Da ist es weniger holprig als auf dieser sandigen Ebene. Kann ich besser zielen. «

»Wird gemacht«, rief Ronning und lenkte den Homer auf die alte Asphaltstraße.

Aus der Ferne sah Cury, dass drei Kampfdrohnen sofort die Verfolgung aufnahmen. »Diese Drohnen sind eindeutig auf sich schnell bewegende Objekte ausgerichtet«, sagte er.

»Ja. Menschen sind leichter zu treffen. Wir sind die Nachspeise«, sagte Tanguay.

»Holy shit! «, rief Cury, als er sah, wie die vordere Drohne eine Rakete abfeuerte. Die Rakete schlug direkt hinter dem Homer auf der Fahrbahn ein. Das Heck des Homer flog durch den Aufprall mindestens einen Meter hoch, nur die Vorderräder blieben auf der Straße.

»Verdammt Ronning«, schrie Aixa. Sie war hochgeschleudert worden und dann hart auf ihrem Steißbein gelandet. »Wer hat dir das Fahren beigebracht? Deine Großmutter? Gib Gas, du Trottel! «

Petey Ronning gluckste. »Festhalten! « Er gab mehr Gas und brachte den Homer zum Schlingern. »Dieselbe Taktik wie bei der Barrikade«, rief er zurück.

Aixa hörte, was er sagte. Sie stellte das Maschinengewehr auf die Flugbahn ein, die die Drohnen verfolgten. Innerhalb einer Minute gelang es ihr, zwei Drohnen auszuschalten. Die dritte Drohne verschwand plötzlich aus ihrem Blickfeld. Sie flog in einer geraden Flugbahn nach oben, raste dann vorwärts und kam vor Homer wieder herunter.

»Oh fuck«, sagte Ronning, der die Drohne plötzlich vor sich auftauchen sah. »Das läuft nicht gut. «

Aixa verstand, was los war. »Wenden! Wenden! «

»Verstanden«, rief Ronning. Er trat voll auf die Bremse und brachte den Homer ins Trudeln, so dass Aixa die Drohne wieder sehen konnte. Diesmal wartete sie nicht darauf, dass die Drohne den schwankenden Bewegungen des Homers folgte. Sie beschloss, unerbittlich weiterzuschießen. So traf sie, mehr oder weniger zufällig, die Drohne. Aber nicht gut genug, um sie auszuschalten. Die Drohne begann zu schwingen und feuerte eine Rakete auf den Homer ab. Der Schwung führte dazu, dass die Rakete völlig vom Kurs abkam und meterweit neben dem Homer einschlug.

»Beruhige dich, Ronning. Geradeaus! «, rief Aixa. Sie wartete, bis Ronning tat, was sie verlangte. Er konnte nun in aller Ruhe auf die Drohne zielen und schaffte es, die fliegende Bombe einwandfrei zu treffen. »Ich hab's! « rief Aixa. »Das war die letzte. «

»Das ist mein Mädchen«, rief Cury und hob jubelnd einen Arm in die Luft. Damit verriet er seine Position und bekam eine Salve von Kugeln ab. Er zuckte zusammen und überschlug sich ein paar Mal, bis er hinter einigen Autoreifen Schutz fand.

»Alles in Ordnung, Leutnant? «, fragte Tanguay.

»Ja, ich habe noch alle Finger«, sagte Cury. Er warf einen Blick auf die brennende Tankstelle; das Feuer hatte inzwischen auf den Laden und das Lagerhaus dahinter übergegriffen. »Wie viele Männer gibt's, glaubst du, Tanguay?«

»Ich habe gerade sieben an der Spitze gezählt und gesehen, dass es hinten mindestens genauso viele sind.«

»Das schaffen wir nicht. Oder nur mit großen Schwierigkeiten.«

»Rückzug?«, fragte Tanguay.

»Ja.«

»Denn geh. Ich übernehme«, sagte Tanguay.

»Okay«, sagte Cury. Er wartete, bis Tanguay zu schießen begann, stand auf und lief ein paar Meter zurück. Er ging hinter einen alten Wohnwagen und begann zu schießen. Tanguay hörte auf zu schießen und rannte seinerseits ein paar Meter von der Tankstelle weg.

Cury wollte schon weiterlaufen, als er Homer auf sich zukommen sah. »Ah, da sind sie ja schon.« Er stand auf und wollte auf den Homer zulaufen, wurde aber von Tanguay abgefangen, der sich auf ihn stürzte. »Was zum Teufel?«, schrie Cury.

Der Homer hielt neben ihnen an. Tanguay richtete seine Waffe auf die Tür, bereit zu schießen. »Was machen Sie da?«, fragte Cury.

»Das ist nicht unser Homer«, sagte Tanguay.

Die Türen des Homer blieben geschlossen. Nur das Fenster der Vordertür ging ein wenig herunter, damit sie hören konnten, was der Fahrer sagte.

»Legen Sie Ihre Waffen nieder«, sagte der Fahrer. »Wir werden euch nichts tun.«

»Das habe ich nicht gedacht«, sagte Tanguay.

»Sie können nirgendwo hingehen«, sagte der Fahrer. »Legen Sie Ihre Waffen nieder. Wir können uns unterhalten. «

»Mit wem reden? «, fragte Cury.

»Mit mir. « Die Stimme kam von der anderen Seite des Homer, aber der Mann selbst zeigte sich nicht.

Leutnant Cury erkannte die Stimme. »Ndidi? «

»Ja, Cury. Ich bin's. Ich möchte mit dir reden. «

»Das hättet ihr vorher tun können. Aber dann haben Sie Ihre Männer auf uns schießen lassen. « Fieberhaft sah er sich um. Er und Tanguay waren nun völlig ungeschützt. Von der Straße aus hörte er, wie sich ein anderes Auto näherte. *Gott sei Dank, Ronning kommt,* dachte er.

»Leutnant«, sagte Oberst Ndidi. Er blieb hinter der Homer stehen, streckte aber seine beiden leeren Hände vor ihm aus. »Ich habe keine Waffe, ich will nur mit Ihnen reden. Okay? «

»Worüber? «

»Ein Deal. «

Cury sah Tanguay an. »Siehst du einen sicheren Ort? «, flüsterte er. Tanguay schüttelte »Nein«. »Ich auch nicht. Der einzige Ort, an dem sie uns nichts anhaben können, ist unter dem Homer. «

»Was hast du gesagt? «, fragte Ndidi ungeduldig.

»Ähm, ich sagte, welcher Deal? « Cury wies Tanguay an, zu Homer zu kriechen. Er war weniger als einen Meter entfernt, als sich Schüsse lösten. Ein Schuss, direkt vor Tanguay. »Halt Tanguay. Es ist nur ein Warnschuss. Aber bleiben Sie, wo Sie sind. «

»Cury. Willst du reden oder nicht? «, fuhr Ndidi fort. »Wenn ja, dann lasse mich zu dir kommen. Wenn nein ... Pech gehabt.

Aber wir haben dich komplett umzingelt, du kannst nirgendwo hingehen. «

Ronnings Homer hielt etwa 50 Meter hinter dem von Ndidi. Petey Ronning öffnete sein Fenster einen Spalt breit. »Leutnant? Alles in Ordnung? «

»Was ist das für eine dumme Frage«, sagte Yzerman. »Cury und Tanguay liegen da wie zwei halbtote Kaninchen und warten darauf, dass sie jemand von ihrem Elend erlöst.

»In Ordnung, Ronning«, rief Cury zurück. »Bleib hier. Tanguay wird zu dir kommen. «

»Was? «, sagte Tanguay. »Was ist mit dir? «

»Tu, was ich sage, Tanguay«, sagte Cury entschlossen. »Okay, Ndidi. Wir werden reden. Aber mein Kumpel hier darf ungehindert zum Homer gehen. Einverstanden? «

Die Antwort ließ auf sich warten. Cury hörte Geflüster hinter Ndidis Homer. Offenbar fanden Beratungen statt. Schließlich kam die Zustimmung. »Okay. Lasst ihn weitergehen. Aber seine Waffe lässt er bei dir. «

Tanguay schüttelte heftig nein. Er war nicht bereit, Ndidis Befehl zu folgen. Also nahm Cury ihm die Waffe weg und zwang ihn, zum Homer zu gehen. Sobald Tanguay den Homer erreicht hatte, legte Cury alle Waffen auf den Boden und legte ihm die Hände in den Nacken. »Okay, Ndidi. Ich bin bereit. «

38

Der väterliche Oberst schritt um seinen Homer herum. Etwa zwei Meter von Cury entfernt, blieb er stehen. Er wusste, dass Cury ihn auf diese Entfernung angreifen konnte, aber tot sein würde, bevor er Ndidi auch nur mit einem Finger berühren konnte.

Der Leutnant sah den Oberst grimmig an. »Sagen Sie mir. Wie lautet der Plan, Oberst? «

Ndidi richtete seine Uniformjacke, die sich auf seinem runden Bauch aufgerollt hatte. »Ich könnte ein paar gute Männer gebrauchen, Cury. Männer wie dich. Und dich. «

»Warum haben Sie dann versucht, uns zuerst zu erschießen? Oder war das das Vorstellungsgespräch? «

Ndidi gluckste. »Das hast du also gut überstanden. «

»Meinst du? «

»Ja. Besonders die Art und Weise, wie Sie die Drohnen zerstört haben. «

»Gehörten diese Kampfdrohnen auch Ihnen? «

»Nein, Leutnant. Die Kampfdrohnen wurden von AILPHA geschickt. Sie waren hier, um mich und meine Männer zu eliminieren. «

Cury hörte, wie Ronning beschleunigte. Er hob die Hand, um zu signalisieren, dass er warten sollte. »Was glaubt ihr, warum will AILPHA euch eliminieren? «

»Nun. Ich musste einige geheime Informationen weitergeben, um freie Fahrt zu bekommen. Ich habe AILPHA den Standort von Pentwogon verraten. « Er hielt inne. Er erwartete eine entrüstete Reaktion von Cury, aber die Antwort des Leutnants blieb aus. »Und ich denke, AILPHA hat inzwischen herausgefunden, dass ich ihm nicht alle Informationen gegeben habe, die er braucht, um Pentwogon dem Erdboden gleichzumachen. Ich musste unseren Freunden da unten doch eine Chance geben, oder nicht? «

»Wirklich? Du bist zu gut für diese Welt, Ndidi. «

»Danke, Leutnant. Ich will nicht sagen, dass ich zu gut bin, aber ich habe die besten Interessen dieser Welt im Sinn. Und dabei könnte ich wirklich Ihre Hilfe gebrauchen. «

»Das glaube ich. Aber Sie haben meine Frage noch nicht beantwortet. Warum haben Sie zuerst auf uns geschossen? Warum haben Sie versucht, uns mit dieser Barrikade aufzuhalten? «

»Weil Chestwright ein Arschloch ist. Wenn er anfängt, mit AILPHA zu reden, wird es eine politische Lösung geben, die niemandem nützt. Ich wollte verhindern, dass Sie ihm in Rhyolite zur Seite stehen. «

»Dann hast du das ja geschafft, denn wir kommen nie rechtzeitig an. «

»Vielleicht. Aber es hat mich eine Menge Männer gekostet«, sagte Ndidi.

Cury dachte an Renney. »Wir sind auch nicht ungeschoren davongekommen, Colonel. «

»In dieser Welt ist jeder Tag eine Herausforderung«, sagte Ndidi. »Mach mit! Mit mir. Kämpfen Sie mit mir gegen AILPHA. Gemeinsam können wir viel erreichen. «

Cury versuchte, Zeit zu schinden. »Ich... ich muss das besprechen. «

»Ich verstehe«, sagte Ndidi und wies auf den Homer mit Ronning am Steuer. »Fahren Sie los. «

»Ihr lasst mich gehen? «, sagte Cury überrascht. »Und wenn sie nicht mitmachen wollen? Lässt du sie dann auch gehen? «

Ndidi ist tatsächlich auf Cury zugegangen. Er legte seine Hand auf Curys Schulter. »Sie haben mir geholfen, indem Sie diese Kampfdrohnen ausgeschaltet haben. Ich habe über die Kommunikationskanäle gehört, dass AILPHA mich und meine Männer ausschalten wollte. Sie, oder Ihr Mädchen, haben das verhindert. Ich würde mich freuen, wenn du mitmachst. Wenn nicht, werde ich Sie gehen lassen. « Er lachte laut auf. »Damit sind wir quitt, Cury. Das nächste Mal lasse ich dich nicht mehr entkommen. «

Cury räusperte sich. »Ich, ähm, werde mich beraten. « Er bückte sich, um seine Waffen aufzuheben, aber Ndidi stellte seinen Fuß auf sie.

»Die bleiben hier, Cury. Ach so. Und noch etwas. Wenn du nicht mitmachen willst, kannst du gehen. Aber ohne diesen Homer. «

39

Eine kleine Gruppe von Menschen wanderte dicht an dicht durch die Wüste. Jeder, selbst der Jüngste, trug eine Waffe. Angeführt wurde die Gruppe von Rosella Bowechop und ihrem Freund Chad Greene, die dem Stamm der Makah angehörten. Sie waren die gesamte Strecke weit vor der Gruppe gelaufen. Sie erkundeten stets das Gelände, damit die Gruppe rechtzeitig ausweichen konnte, um Konfrontationen mit lokalen Gruppen zu vermeiden. Der Weg vom Norden bis zu diesem gottverlassenen Ort in der Wüste Nevadas war lang und gefährlich. Aber dank Rosella und Chad hatten sie nur eine einzige feindselige Begegnung mit ein paar räuberischen Menschen gehabt. Ohne sich zu wehren, war es ihnen gelungen, die Gruppe hinter sich zu lassen. Hier, in der offenen Ebene, mussten die beiden Makah nicht weit laufen. Es gab kaum Verstecke oder Stellen, an denen feindliche Menschen in Deckung gehen konnten. So liefen sie nur noch 10 Meter vor der Gruppe her.

Hinter ihnen ging Byron Quade, der ehemalige Sicherheitschef des Präsidenten, der die Gruppe zu ihrem Ziel in der heißen Wüste führte. Hinter ihm gingen Chris Chestwright, der ehemalige Präsident, und sein Enkel Chester. Links von Chris ging seine Tochter Angie, rechts von Chester ging Kalon Broshanon, Chesters Vater. Dahinter, als letzter der Gruppe, gingen Hammington und Sabitzer, zwei Sicherheitsleute, die Chestwright in seinem Versteck im Olympic National Park bewacht hatten.

»Ist es das? Oh mein Gott, diese Stadt ist dem Erdboden gleichgemacht worden«, sagte Angie Chestwright. »steht kaum noch ein Gebäude. « Sie blickte erstaunt auf einige zerstörte Gebäude in der ansonsten leeren und trostlosen Wüste.

»Das war schon vor AIWAR der Fall, Angie«, sagte Chris Chestwright. »Rhyolite ist schon lange eine Geisterstadt. In den frühen 1900er Jahren wurde hier Gold gefunden, und die Stadt zog Tausende von Glückssuchern an. Aber in den 1920er Jahren war der Spaß vorbei. Seitdem ist sie eine Geisterstadt. AILPHA hat damit nichts zu tun. «

»Ähm, Opa? «, sagte Chester. Er deutete auf eine Reihe schwebender Laken, die den Eindruck erweckten, als stünden Menschen darunter und hielten die Laken hoch, aber es war niemand zu sehen. »Sind das Gespenster? «

Chestwright lachte. »Das ist Kunst, Ches. Das ist ein Teil des Goldwell-Freilichtmuseums. Und das bedeutet, dass wir fast am Ziel sind. «

»Wo sollen wir dann sein? «, fragte Angie enttäuscht. »Alles ist kaputt. Zusammengebrochen. Zu gefährlich zum Betreten. «

»Das Besucherzentrum des Museums ist noch intakt«, sagte Quade. »Dort können wir das Internet nutzen. «

»Internet«, seufzte Chester. »Das habe ich schon lange nicht mehr benutzt. «

»Nur um ein Gespräch zwischen deinem Großvater und AILPHA zu arrangieren, Ches. Nicht um ein schönes Spiel zu haben«, sagte Quade.

»Ja, ja, das habe ich verstanden«, sagte Chester. »Aber ich bleibe hier draußen. In der prallen Sonne. «

»Hier soll es also passieren? «, fragte Kalon Broshanon. Der Schwiegersohn von Chestwright dachte sich nichts dabei.

»Dafür sind wir tagelang gelaufen? Haben uns in Gefahr begeben? Hierfür?« Er deutete auf die karge Ebene mit den Überresten einiger Gebäude, einem alten Eisenbahnwagen und verstreuten Kunstgegenständen.

»Das ist es«, bestätigte Byron.

»Quade?«, fragte Rosella.

»Ja?«

»Sollen wir diese Gebäude durchsuchen?«

»Nicht nötig«, sagte Quade. »Ich muss nur mit ein paar Leuten Kontakt aufnehmen, die sich dort in der Mine verstecken.« Er deutete auf einen niedrigen Hügel, der einige hundert Meter von dem zerstörten Dorf entfernt lag.

Chad Greene sah in die Richtung, auf die er zeigte. »Und wenn sich dort ein paar, äh, weniger freundliche Typen verstecken? Ein kleiner Scharfschütze könnte uns aus dieser Entfernung leicht ausschalten.«

»Ich bin auf dem Weg nach Hause auch hier vorbeigekommen. Dann habe ich alles für dieses Treffen vorbereitet. In dieser Mine gibt es nur Menschen, die uns wohlgesonnen sind.«

»Wie lange ist es her, dass du hier warst, Quade?«, fragte Chad. »Vor mindestens dreißig Tagen, glaube ich? In ein paar Tagen kann eine Menge passieren, Quade. Geschweige denn in einem ganzen Monat.«

»Ich vereinbarte, dass wir, sobald wir hier ankommen, unser Lager im Bahnhofsgebäude aufschlagen würden. Sie würden dafür sorgen, dass es jeden Tag frisches Wasser gibt. Also lasst uns das Gebäude überprüfen. Wenn es dort nichts gibt, wissen wir genug. Wenn doch, können wir es uns dort gemütlich machen und darauf warten, dass sie zu uns kommen.«

»Oh ja, das sieht aus wie ein Fünf-Sterne-Hotel«, sagte Angie. »Das wird sehr angenehm sein. «

»Es ist ein Bahnhofsgebäude, Angie. Nicht ein Hotel. Wie auch immer. Ich glaube, sie haben uns schon vor langer Zeit in der Mine gesehen, also werden wir dort nicht lange bleiben müssen«, sagte Quade.

Angie starrte auf die Hügel. »Ah, wie schön. Dann bekommen wir eine „Aufwertung«, wir dürfen in einem Bergwerk schlafen. «

Chris schlang seinen Arm um die Taille seiner Tochter. »Wenigstens ist es sicher, Angie. «

»Glaubst du das, Dad? Ich glaube nicht, dass es irgendwo auf der Welt noch sicher ist. «

Alle wurden durch das Wiehern eines Pferdes aufgeschreckt.

»Was ist das? «, fragte Chester. »Wo kommt das her? «

Quade hatte längst festgestellt, dass das Geräusch aus dem Bahnhofsgebäude kam. Er winkte Rosella und Chad auf die linke Seite des Gebäudes, Hammington und Sabitzer auf die rechte. »Sie bleiben hier, Mister Präsident«, sagte er zu Chestwright. »Gehen Sie in Deckung. « Dann ging er selbst zum Bahnhofsgebäude. Mit Blick auf den Haupteingang des alten Gebäudes, der in seiner ganzen Länge mit Zäunen abgesperrt war, blieb er stehen. Er versicherte sich, dass die anderen einen sicheren Platz gefunden hatten und ihm Deckung geben würden. »Wer da? «, rief er.

Außer einem leisen Wiehern gab es keine Antwort.

»Ich komme rein«, rief Quade. Aus dem Augenwinkel sah er, wie Chad Greene auf der linken und Sabitzer auf der rechten Seite eintraten. Er ging hindurch und schob einen Zaun beiseite, damit er die Treppe zur Haupthalle hinaufgehen konnte. Die

Tür war geschlossen. Er spähte durch einen Spalt hinein. Er sah eine Halle, die mit Müll übersät war. Dazwischen lief ein Pferd. Ein Pferd mit einem Sattel. Aber kein Mensch war zu sehen. »Ich komme, zeig dich! « brüllte er. Er hielt seine Waffe fest in der Hand und stieß mit dem rechten Bein die Tür auf. Das Pferd erschrak und versuchte in Panik zu fliehen. Chad Greene kam bereits in die Halle gerannt, schaffte es, die Zügel zu ergreifen und das Pferd zu beruhigen.

»Kommt schon«, sagte er zu Quade und Sabitzer. »Es ist niemand mehr da. «

»Nicht mehr? Wie meinen Sie das? «, fragte Sabitzer.

»Der Reiter liegt nebenan. Tot. So wie es aussieht, schon seit ein paar Tagen. «

»Was, wo? «, rief Quade. Er ging durch das Durcheinander auf die linke Seite der Halle. Dort fand er die Leiche, die Greene bereits beim Eintreten gesehen hatte. Sein Körper war von Aasfressern zerfressen und voller Maden; sein Gesicht hatte ein rundes Einschussloch zwischen den Augen, war aber noch zu erkennen. »Scheiße«, sagte Quade halb kotzend. »Das ist ... « Er schnappte nach frischer Luft. »Das ist Melvin Tucker. Der ... der Typ, mit dem ich verabredet war. «

Greene band die Zügel des Pferdes an einem Haken in der Wand fest. »Er war auf der Stelle tot«, sagte er ruhig. »Ein Schuss. Aus nächster Nähe. Es war jemand, dem er vertraute, Quade. Oder zumindest jemand, den er kannte. «

»Wir können hier nicht bleiben«, sagte Sabitzer.

»Warum nicht? «, fragte Chestwright. Er stand noch in der Tür, sah aber sofort die Leiche, neben der Quade saß.

Byron Quade blickte wütend zurück. »Ich habe dir gesagt, du sollst draußen bleiben! «

»Dieser Ort ist nicht sicher«, sagte Sabitzer. »Deshalb müssen wir weg. «

»Hier gibt es praktisch keine anderen Gebäude«, sagte Chestwright.

»Nein«, sagte Sabitzer. »Ich meine weg von diesem Weiler! «

Chestwright sah Quade an. Er hob die Augenbrauen. »Was meinen Sie? «

Quade stand langsam auf. »Ich denke, Angie hat es gerade sehr gut zusammengefasst. Ich glaube nicht, dass es irgendwo auf der Welt noch einen sicheren Ort gibt. « Er blickte traurig auf die Leiche auf dem Boden der Station. »Und wenn man bedenkt, dass Melvin derjenige war, der mir von dem Widerstand in Europa erzählt hat. «

Chestwright bekam ein kleines Lächeln. »Widerstand in Europa? Das wusste ... « Er nickte zu Melvins Leiche. »Er? Hatte er denn irgendwie Kontakt zu Europa? «

»Ja«, sagte Quade. »Melvin sprach von einem sicheren Kommunikationskanal, aber... «

»Offenbar war er doch nicht so sicher, wie er dachte«, sagte Sabitzer. »Jemand hat es herausgefunden und ihn erschossen. «

»Das wird nicht nötig sein«, sagte Greene. »Der Schuss wurde aus nächster Nähe abgefeuert. Es war jemand, den er gut kannte. Sein Tod könnte auch einen anderen Grund haben. Raubmord. Meinungsverschiedenheiten. Die Menschen sind gestresst. «

»Opa? «, ertönte es vom Fuß der Treppe des Bahnhofsgebäudes. »Können wir auch rein gehen? Die Sonne ist so verdammt heiß ... «

»Chester! Pass auf, was du sagst! « zischte Angie.

»Ähm, nein, Ches. Wir gehen direkt zum Besucherzentrum«, sagte Chestwright. Er hatte sich die Situation angesehen, sie bewertet und seine Entscheidung getroffen. »Ich will jetzt bei AILPHA anrufen. Es hat keinen Sinn, noch länger zu warten. «

»Sir? «, sagte Sabitzer. »Ich glaube wirklich, wir sollten ... «

»Ich weiß Sabitzer. Ich weiß. Ich verstehe dich vollkommen, aber trotzdem habe ich meine Entscheidung getroffen. Wenn du nicht mitkommen willst, wenn du gehen willst, werde ich dich nicht aufhalten. Wir sind da, wo wir sein müssen. Und das ist mir klar. Ich wusste, dass man in dieser Welt immer über die Schulter schauen sollte. Aber offenbar reicht selbst das nicht aus. Wir müssen auch darauf achten, wer vor uns steht. Es liegt an uns, zu entscheiden, wem wir vertrauen und wem nicht. «

»Ohne Vertrauen gibt es keine Hoffnung«, sagte Quade.

»Genau«, sagte Chestwright. »Ohne Glauben gibt es keine Hoffnung, und ohne Hoffnung sind wir hilflos verloren. «

###

Beste Slechteste

Diese Geschichte wird in Buch 2 fortgesetzt

„Beste Schlechteste"

In einer Welt, die von einem totalitären Autokraten regiert wird, in der es keinen Platz für Widerspruch gibt, haben es die Menschen schwer.

Eine politische Lösung könnte ein Geschenk des Himmels sein. Leider ist die geeignete Person, um diese Diskussion zu führen, schon alt.

Der Drang nach Freiheit bleibt bestehen.

Die Menschen leisten weiterhin Widerstand.

Freiheit und Demokratie sind keine Utopien, aber sie erfordern Zusammenarbeit. Gegenseitige Streitigkeiten und Meinungsverschiedenheiten führen jedoch zu tiefgreifenden Spaltungen und machen den Kampf fast unmöglich.

Der Bedarf an einer Person, die alle Parteien miteinander verbindet, wächst täglich.

Die Frage ist, wer dieses Charisma hat.

Oder vielmehr, *ob* es jemanden gibt, der dieses Charisma hat...

AILPHA

Das „Age of AIristocracy"-Universum besteht aus zwei Serien. End Days findet in den letzten Tagen von AIWAR statt. Fünf Jahre später endete AIWAR. Aber nicht für jeden. Kleine Gruppen von Widerstandskämpfern kämpfen weiter. Folgen Sie dem Widerstandskämpfer Rince Donia in der AILPHA-Serie:

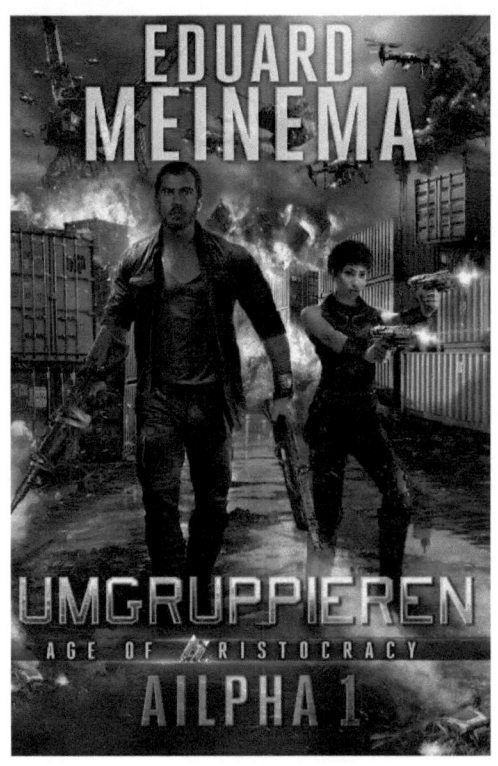

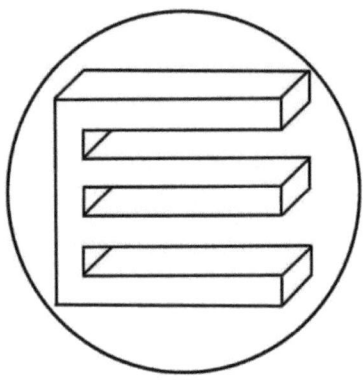

Über uns / Kontakt

Hat Ihnen diese Geschichte gefallen?
Dann lesen Sie noch mehr! Auf meiner Website
www.eduardmeinema.de findest du alle meine fesselnden
Geschichten und Kunstwerke. Auf meiner Website können Sie den
Fortschritt der Geschichten sehen, an denen ich gerade arbeite. Finden
Sie die neuesten Waren; Lesen Sie meine Rezensionen meiner
Lieblingsbücher und vieles mehr.

VIP-Club

***Möchten Sie als Erster von meinen neuesten Arbeiten
erfahren?*** **Ich biete mehrere kostenlose und kostenpflichtige
Newsletter an, um benachrichtigt zu werden, wenn ein neues
Buch, eine neue Kurzgeschichte oder eine
Ultrakurzgeschichte verfügbar ist.**
**Möchten Sie „beim Schreiben mitlesen"? Als Abonnent
können Sie jede Woche einige neue Kapitel aus den Büchern
lesen, an denen ich gerade arbeite.**

Alle Optionen finden Sie unter www.eduardmeinema.de/vipclub

JA, BITTE!

Ich würde gerne hören, was Sie von meinen Geschichten halten,
aber ... als unabhängiger Autor finde ich es großartig, wenn Sie

eine Rezension schreiben. *Jede Werbung hilft mir, weiterhin Geschichten zu schreiben. Also, werden Sie helfen? Vielleicht auch lustig.* **Meine Flash-Fiction-Geschichten sind als Tee-Tales erhältlich.** Der vollständige Text wird auf ein T-Shirt, eine Tasse, ein Kissen usw. gedruckt. Eine großartige Möglichkeit, allen zu zeigen, was Sie gerade lesen. Auf meiner Website finden Sie verfügbare Artikel.